O DESPERTAR DE BAYLEE

SIMONE BEAUDELAIRE

Tradução por
SUSANA FRANCO

Publicado em 2021 por Next Chapter

Capa de CoverMint

Este livro é dedicado ao meu querido marido, Edwin. Tu acolheste-nos, aos miúdos e a mim, e eu amo-te para sempre.

PRÓLOGO

"Chase, detesto dizer-te isto, meu, mas estás lixado." Estas foram as palavras com as quais, Jordan Miller cumprimentou o seu melhor amigo e cliente quando entrou no tribunal do condado de Greene naquela fatídica manhã de abril.

Chase ergueu uma sobrancelha escura para o seu advogado.

"Calhou-te a caça-bolas."

Chase fechou os olhos enojado. *A única juíza que mais esperava evitar, a honorável Brenda McMillan, uma feminista radical que parece viver para pôr os homens no seu lugar.* Independentemente dos factos no caso, ela conseguia sempre encontrar o homem errado e lixá-lo. Não era provável que isto fosse uma exceção.

Os dois homens sentaram-se na parte da frente do tribunal. *Certamente, para algo tão simples como um divórcio incontestado, a caça-bolas não sentiria necessidade de fazer jus à sua reputação. Certo?*

Três horas depois, Chase vinha a saber como estava enganado. O processo dera uma nova definição à palavra 'lixado'.

"Não posso acreditar que ela concedeu a casa inteira à

Candace, ambos os carros *e* metade da minha aposentadoria," ele resmungou enquanto ele e Jordan caminhavam pelo estacionamento. Em vez de entrar no carro dele - dela, - serpenteou pelo parque infantil. "Mas que raio foi aquilo? A Candace traiu-me!"

"Dá-te por contente por ela não te ter feito pagar também a pensão de alimentos," respondeu Jordan, parecendo ainda um pouco chocado.

"Eu teria recorrido a isso! Nem pensar que vou pagar o apoio ao filho de outra pessoa." Chase afundou-se num banco do parque à sombra de um pinheiro perfumado. Um vento frio soprou através dos galhos perfumados, mas o doce aroma não trouxe conforto. Ele tentou aumentar a sua raiva. *É melhor raiva que tristeza.* Mas não adiantou. O desespero moeu-lhe as entranhas. Após dez anos de casamento, a última coisa que esperava era ficar solteiro, sem-teto e sem dinheiro.

"Sabes uma coisa, Jordan?" Ele perguntou numa voz fraca e sombria.

"O quê?"

"A vida é uma porcaria."

O amigo assentiu com simpatia. "Tiveste umas semanas difíceis, Chase. Por que não apareces hoje à noite? A Jenn vai fazer um dos seus jantares gourmet e, bem, ela disse que eu devia convidar-te.

Chase sorriu sem humor. "Diz à Jenn que agradeço, mas não. Se tiver que vos ver aos dois juntos e felizes e a ela também grávida, acho que posso ficar maldisposto. Preciso de ficar sozinho, Jordan."

"Tens razão," disse o amigo, suavizando um caracol loiro errante. Ele parou. Então, sem aviso, Jordan colocou a mão sobre o ombro de Chase. "Promete-me que não farás nenhuma estupidez," disse ele numa voz baixa e intensa.

"Não vou deixar aquela cabra ganhar," respondeu Chase.

Jordan olhou para ele por um momento, assentiu com a

cabeça e depois afastou-se. Chase engoliu em seco. A raiva desapareceu. Olhando para o céu, ele perguntou em voz alta: "O que diabos vou fazer agora?"

CAPÍTULO 1

Dezoito meses depois…

Lá está ela. ESTÁ a trabalhar hoje.

Chase caminhou lentamente pela livraria, o tapete estampado abafava o som das suas botas enquanto ia em direção ao seu alvo. Por trás, ela não parecia nada de especial; pequena, esbelta e frágil, com os cabelos castanhos ondulados, soltos quase até à cintura.

"Desculpe," disse ele.

Ela virou-se. "Sim?" Então ela o reconheceu e fez uma careta. "Ah, é você outra vez. O que quer?"

Apesar da sua resposta nada acolhedora, a rapariga cujo crachá dizia Baylee nunca deixou *de* fazer o coração de Chase bater e uma onda de calor subir até à sua virilha. Esforçando-se por ter objetividade, avaliou exatamente os traços que pareciam tão atraentes nela. *Será a sua pequena estatura e aparência de criança abandonada? Serão os seus lábios rosados e nariz delicado, ligeiramente pontiagudo? Será o rosa pálido e levemente corado da sua pele? Todos são possíveis.* Mas o que realmente o conquistou foram os seus olhos: aquelas imensas poças castanhas que pareciam ter uma profundidade impensável em alguém tão jovem. E ela era jovem; chegando ao limite de jovem demais para ele, mas se a tristeza nos seus olhos dizia a verdade, a sua experiência de vida quase coincidia com a dele.

"Estava a pensar se o livro que pedi já chegou," disse ele, apoiando o quadril no balcão, o que esperava ser um gesto casual. *Certo, meu. Não eras bom em ser casual ANTES da tua vida desmoronar.*

Chase esmagou furiosamente a voz argumentante. *Não quero pensar nisso. Quer dizer, sou divorciado. E então? Muitas pessoas também são e já faz mais de um ano. Eu já o deveria ter superado neste momento. E superei, se o meu interesse nesta bela vendedora for alguma indicação. Mas como se recomeça depois de tantos anos a pensar que a vida seria de certa maneira? Não, recomeçar está errado. Sou um homem diferente do que era antes de descobrir que a minha namorada de infância e melhor amiga era, na verdade, uma puta que andava a dormir com outro homem nas minhas costas.*

Baylee apertou o teclado do computador, concentrando a sua atenção no ecrã. Chase continuou a ruminar.

Já chega, meu. Acabou. A Candace já era, já está há muito tempo casada com o seu detetive particular e é mãe do filho dele. E se não quiseres acabar sozinho, sem a tua própria família, para de ficar obcecado e sai daí.

"É claro que o seu livro não chegou," disse Baylee, virando-se para lhe dar um olhar pouco convidativo. "Encomendou-o anteontem. Prometi ligar-lhe quando chegasse e vou ligar. Agora, se não se importa, tenho trabalho a fazer."

"Não seja antipática, minha senhora," ele insistiu. "Não lhe vou fazer mal. Só queria conversar."

"Conversar?" Ela ergueu uma sobrancelha e franziu a outra. "Não tenho tempo para conversas. Estou a trabalhar."

"E que tal quando sair do trabalho? Podíamos ir beber qualquer coisa, ou jantar..."

Algo brilhou nos olhos dela. Se ele não se conhecesse melhor, diria que parecia aflição. Ou talvez desespero. O que quer que fosse, era intenso. "Eu. Não. Tenho. Tempo. Para. Homens." Baylee enunciou claramente. "Agora que nos entendemos, por favor, vá embora ou é preciso eu chamar o gerente?"

"Já vou, já vou. Caramba, não seja tão sensível. Não estava a fazer nada de mal," ele reclamou.

O olhar dela suavizou-se por uma fração. "Eu sei, senhor, mas não estava a brincar. Não tenho tempo para ninguém. A sério. Não vale a pena esforçar-se."

"Obrigado por ser honesta, Baylee," disse ele com tristeza. "Aqui tem o meu cartão. Se alguma vez encontrar tempo e quiser ir tomar alguma coisa comigo... ou jantar..., ou conversar, ligue-me."

Ela deu-lhe um sorriso triste e voltou a tratar do stock da estante, de costas para ele.

Picado com a rejeição dela, Chase saiu rapidamente da loja.

Assim que ela deixou de sentir os olhos dele nas suas costas, Baylee afastou-se da estante e olhou para o objeto na sua mão. O pequeno cartão, impresso em papel preto com um padrão de notas musicais brancas, dizia 'Chase Milligan, Diretor Geral. Music Room Club e Bar'. Os olhos de Baylee arregalaram-se. *Então, quer dizer que o meu pretendente persistente dirige um dos melhores clubes da noite de Dallas?* Ela lembrou-se de ter ouvido dizer que o lugar oferecia diversão, bebidas e música num ambiente amigável e elegante. *Não saio há séculos, por isso, se ouvi falar dele, é porque deve ser algo em grande. Claro, o marido da minha melhor amiga trabalha lá.* De acordo com Stella, o local de trabalho do seu marido possuía três salas diferentes: uma para bandas de jazz locais, uma para karaoke e outra para artistas country e ocidentais. *Como gerente de lugar assim, Chase devia ganhar um salário decente. Também é influente, decidindo quais atos serão permitidos nas fases cobiçadas.*

Baylee engoliu em seco. Se Shelby descobrisse que ela abatera um homem como Chase Milligan, estava tramada. *Como se já não estivesse. Se Chase soubesse alguma coisa sobre a sua vida, pôr-se-ia a milhas. Para de sonhar acordada e volta ao trabalho.* Não lhe ocorreu que, quando pensou nele, o seu primeiro nome passara pela sua mente, juntamente com a imagem dos seus cabelos castanhos e olhos verdes.

CAPÍTULO 2

Chase esticou-se no sofá da sala. O relógio no DVD mostrava as três da manhã, mas ele não tinha sono. Era normal, saíra do trabalho há apenas uma hora e meia atrás. Trabalhar no clube no horário nobre causou um ímpeto que ele não podia negar, mas que levou muito dele.

Parece que já não és tão jovem como costumavas ser, hein, Chase? Ele sorriu para si mesmo.

Desligou a televisão. Estava a dar televendas pela última meia hora ou mais - desde muito antes de ele parar de prestar atenção. Virou-se, deitando-se de costas e apoiando os dois pés no braço do sofá, o esbranquiçado sujo das suas meias permanentemente manchadas pelo contacto com o interior dos seus Ropers de couro cor de chocolate. As botas jaziam numa pilha abandonada do lado de fora da porta de entrada da sua casa. O seu Stetson correspondente estava na mesa da entrada, a cobrir uma pequena foto emoldurada dos seus pais e o cinzeiro Ford vintage, onde guardava as chaves. Nesta posição, a fivela do cinto cortou a sua barriga e ele soltou o oval prateado, deslizando o cinto pelas presilhas das suas calças Wranglers pretas e atirando-o para no chão. Aterrou com um barulho alto e

Chase estremeceu, esperando que não tivesse arranhado o chão de madeira de pinho.

Ainda se sentia desconfortável. As suas Wranglers, embora bem preparadas, não tinham sido feitas para dormir. Ele pensou na sua cama, que o esperava no andar de cima. Tudo o que ele precisava fazer era levantar-se. Só isso. Mas às 3:00 da manhã o sono alcançou-o rapidamente. *Nem pensar, Chase. Mexe o rabo. Não adormeças no sofá.*

Ele levantou-se, sentindo de repente cada um dos seus trinta e dois anos… a dobrar. Gemendo, ele coxeou, os calcanhares e os arcos a doer, do quarto até à casa de banho, onde rapidamente escovou os dentes. Só tinha energia suficiente para tirar os boxers cinzentos antes de se esticar na cama e se espatifar como uma vela apagada.

Shelby Cole abriu a porta da cozinha com uma batida suave. "Baylee? Entra, querida. Olha para ti. O que andas a fazer?"

"O Shane está em casa?" Baylee entrou na cozinha imaculada de Shelby, decorada com um galo com um ar hesitante de um cachorrinho abandonado.

"Nan, o meu velho resmungão levou os miúdos para a casa da mãe dele, por isso estou livre. O que se passa contigo, Bay?" Shelby olhou para a amiga, consternada ao notar que Baylee parecia ainda mais frágil e perdida do que antes.

"Detesto perguntar…" ela começou por dizer e depois parou, olhando para o longe, as suas bochechas a ficar num rosa delicado.

"Pergunta, Bay. Estou aqui para ti, querida." Baylee fechou os olhos. Parecia estar a lutar contra as lágrimas. Shelby deu-lhe um pequeno abraço. "Uau, miúda. Lamento dizer isto, mas tu fedes."

"Eu sei que sim," explodiu Baylee. "Eu… o meu chuveiro… não funciona e eu… Ó Deus. Posso usar o teu antes de ir buscar o Dylan? Desculpa. Não sei mais o que fazer."

"Claro," disse Shelby, imaginando qual seria a verdadeira história. A *Baylee tem guardado muito para si ultimamente.* Embora ela estivesse um pouco mal-humorada quando as meninas se conheceram há quatro anos, nos últimos meses, Bay parecia estar a toda a hora à beira da rutura. "Anda lá, amiga. Vamos meter-te no chuveiro. Talvez te sintas melhor quando estiveres limpa. Bem o suficiente para vir connosco na próxima semana." Mantendo o braço em volta do ombro da amiga, ela conduziu-a pelo corredor em direção à casa de banho dos hóspedes.

"Eu... agradeço o convite, mas..."

"Sem mas nem meio mas, Bay. Não aceito um não como resposta. Toma." Ela abriu o armário de linho do lado de fora da porta da casa de banho e pegou numa toalha verde-malva e numa toalha verde-floresta. "O sabonete e o shampoo estão no chuveiro. Fica à vontade."

"Deus te abençoe, Shelby," Baylee murmurou, entrando na casa de banho e fechando a porta atrás de si.

Pouco tempo depois, muito pouco mesmo, uma chave clicou e chacoalhou na porta da garagem. O marido de Shelby, Shane – alto, com a cabeça rapada e rosto bonito numa carranca habitual, entrou na cozinha. Os seus dois filhos pequenos, David e Jonathan, passaram a correr pelo pai para irem ver televisão.

"Olá, Shel," disse ele, dando um beijo molhado nos seus lábios. Ela enxugou a humidade com as costas da mão.

"Chegaste cedo a casa," ela disse numa voz fria e neutra.

"O que se passa?" Ele perguntou, instantaneamente na defensiva.

"Nada," ela respondeu rapidamente, enroscando os braços em volta do pescoço do marido e olhando para ele com olhos suaves e sedutores.

Ele apertou o seu traseiro gordo apreciativamente e quando falou, havia diversão na sua voz. "Ok, agora sei que alguma coisa se passa. O que é?" Naquele momento, Baylee entrou na cozinha. O banho, ao que parecia, havia-a restaurado um pouco. Por outro lado, isso colocou Shane imediatamente em órbita.

"Não admira. O que *ela* faz aqui? Eu disse-te que não a queria mais aqui."

Baylee congelou ao lado da bancada de granito preto. A sua postura lembrou a Shelby um coelho a tentar parecer invisível. Os seus olhos se arregalaram em enormes piscinas de emoção indefinível.

"Para, Shane. A Baylee é minha amiga. Vou convidá-la para vir à minha casa, se quiser."

"Ela é uma aproveitadora maldita. Também é a minha casa e não a quero aqui." Ele olhou carrancudo para a rapariga, a sua expressão ameaçadora, até mesmo assustadora para a sua mulher. "E, porque é que ela está toda molhada? Ela veio cá para conversar? Para se oferecer para fazer de babysitter? Para trazer um presente para o nosso aniversário? Não. Ela veio usar o nosso chuveiro. Para tirar outra vez o que é nosso. E tu deixas simplesmente. O que se passa contigo, Shelby? Não vês que ela te usa?" Com cada palavra, Baylee estremecia mais, atraindo a si mesma.

"Já chega!" Shelby gritou, colocando-se entre o marido e Baylee.

"Não, ele tem razão," disse uma voz hesitante atrás deles. Ambos se viraram para olhar para Baylee, que se endireitou - uns minúsculos 5 cm"- e falou. "Não devia ter vindo. Desculpa. Não volto a incomodar-te. Obrigado, Shelby. És uma excelente amiga. Por favor, não discutam por minha causa." Ela passou por eles a caminho da porta.

Shelby agarrou no braço dela. "Não. Agora ouve, Shane. Estás a ser bruto. Sim, a Bay está a passar por um momento difícil neste momento. Não sei o que é, mas quero ajudar, porque é isso que os amigos fazem." Ela virou-se para o marido, cutucando o peito dele com o dedo. "A vida é incerta. Um dia posso precisar de pedir algo a alguém e espero que não me digam que sou egoísta demais para o merecer. Agora pára com isso." Soltando o braço de Baylee, ela deu um passo em direção a Shane, ocupando o seu espaço. "A Baylee é bem-vinda nesta casa sempre que ela quiser passar por cá, e tu, senhor, podes dormir no sofá até aprenderes a superar os teus modos de intimidação."

Shane empalideceu visivelmente. Shelby sorriu. Não era uma carta que ela jogava com frequência, mas quando queria a sua atenção, a ameaça do sofá continuava forte mesmo depois de seis anos, dois filhos e quinze libras. *Aparentemente, o meu resmungão ainda deseja a mulher.*

"Agora, Baylee, não te preocupes com este resmungão. Eu dou um jeito nele. Vem visitar-me a qualquer hora. E eu quis dizer o que disse sobre vires connosco quando formos sair na próxima semana. Trabalhas demais."

"Shel..." Shane interrompeu.

"Quieto. Estás metido em apuros. Vens, Bay?"

Baylee balançou a cabeça, fazendo com que os seus longos cabelos castanhos desabassem. "Não posso. Não tenho como pagar."

"Fica por minha conta. E a minha mãe estará a cuidar do David e do Jon, por isso podes deixar o Dylan aqui. O Dylan é uma criança tão boa, eu sei que ela não vai se importar. Por favor, diz que sim." Ela apertou o braço que segurava.

"Veremos," respondeu Baylee, saindo suavemente das garras de Shelby. "Tenho de ir. Obrigado uma vez mais, Shelby." Ela deslizou pela porta e fechou-a suavemente atrás de si.

CAPÍTULO 3

Quando Baylee chegou à creche, o seu estômago não estava apenas a roncar, mas também a doer. Mas hoje ela teve sorte: uma nota de $20 fora abandonada perto de uma das estantes. Ninguém estava por perto, então ela não se sentiu muito culpada por levá-la ao bolso.

Ela caminhou rapidamente pelo corredor de azulejos verdes com um mural da Arca de Noé de um lado e impressões de mãos multicoloridas do outro.

Virou à esquerda numa porta marcada com 3-5 *anos* de idade e entrou. Imediatamente, um pequeno mar de gente se uniu ao seu redor. "Senhorita Andrews! Srta. Andrews!" todos os miúdos gritaram. Ela afagou as suas cabeças e apertou os seus ombros suavemente, mas os seus olhos percorreram a sala.

"Olá, Baylee," disse a Sra. Fields, uma mulher negra de sessenta e poucos anos, de um canto onde supervisionava a colocação dos lápis de cera num pote de plástico branco. Assim que os quatro pares de mãozinhas terminaram a sua tarefa, a professora colocou o pote com vários dos seus companheiros numa prateleira de lona baixa. Acima, uma ampla janela revelava um pôr do sol de outono de um laranja brilhante. Baylee sorriu com a vista.

"Olá, Sra. Fields" disse ela, baixando-se para apanhar uma Siena queimada que escapou. Ela entregou a fugitiva para a amiga, ainda a procurar os rostos.

"O Dylan teve um bom dia hoje. Comeu o seu almoço todo e brincou muito bem com as outras crianças. Ele e o Tim bateram com as cabeças, mas ambos estão bem."

"Onde é que ele está?" Baylee perguntou finalmente.

"Na casa de banho," respondeu a Sra. Fields.

"Ah. Está bem. Cabeças batidas? Eles choraram?"

"Sabe, acho que planeavam fazê-lo, mas depois olharam um para o outro e tiveram aquele pequeno momento de 'Eu sou o maior'. Então eles levantaram-se e correram para o escorrega."

Baylee sorriu.

"Mamã!" Um pequeno míssil de cabelo dourado atravessou a sala e atingiu as suas pernas, quase a derrubando. Baylee pegou nele ao colo.

"Tem cuidado, Dylan," disse ela, dando um beijo no seu filho. "Não me abraces até ao chão! Vá lá. Vamos para a loja."

"Boa! A loja! Tchau, Sra. Fields." Ele acenou à professora. Ela soprou-lhe um beijo. Dylan simulou um movimento selvagem de captura dos seus braços e colocou a mão na sua bochecha. Baylee ainda ria das suas travessuras enquanto o carregava para a rua.

O supermercado ficava a apenas alguns quarteirões de distância, então, em vez de desperdiçar dinheiro no autocarro, eles caminharam, de mãos dadas, aproveitando o fresco do anoitecer. *Teremos que nos apressar, se não quisermos voltar no escuro.*

"Como foi o teu dia, querido?" Baylee perguntou ao filho.

"Foi bom. Também tiveste um bom dia, mamã?"

"Sim, obrigada," respondeu ela.

"Fizeste novos amigos?"

É típico de uma criança fazer estas perguntas percetivas com total inocência. "Hoje não, querido. Havia um senhor que queria ser meu amigo, mas eu disse-lhe que não."

"Porque disseste que não, mamã?" Dylan perguntou, olhando para ela com os seus grandes olhos castanhos.

"Porque não quero perder o tempo que poderia ficar contigo," ela respondeu honestamente, embora de forma um tanto simplista.

Ele soltou a sua mão e abraçou a sua perna novamente, mas não disse nada.

No supermercado, Baylee pendurou um pequeno cesto no braço. *Não há necessidade de um carrinho de compras.* Dylan comportou-se como qualquer outra criança, correndo ao longo dos corredores e recebendo os olhares de senhoras idosas carrancudas com lenços amarrados sobre os cabelos.

"Mamã, podemos levar biscoitos?" Dylan perguntou, afastando-se de uma velhinha que tentou cutucá-lo com a bengala e correndo de volta para o lado da mãe.

"Não, querido, lamento. Nada de biscoitos," ela respondeu.

"Vá lá. Dizes *sempre* isso," Dylan choramingou.

Baylee engoliu em seco. Não havia como explicar, então ela não tentou. Em vez disso, ela escolheu duas grandes maçãs vermelhas e um pequeno saco de cenouras infantis que foram marcadas. *E que mais? Frutas e vegetais.* Um kit de salada também marcado juntou-se aos outros produtos. Ela já não se preocupava com algumas folhas castanhas. *Proteína.* Isso foi sempre difícil. O seu subsídio de alimentação nunca chegava ao fim do mês e o queijo era muito caro. Ela não confiava na manteiga de amendoim. Tinha muitos produtos químicos. Ela contentou-se com uma lata de atum. *Acho que ainda tem maionese no frigorífico.* As suas bolachas foram descobertas e devoradas, então ela acrescentou um pão barato. Somando mentalmente as compras, ela percebeu que ainda não tinha laticínios. *Bolas, esperava ter quatro dias de comida daqueles vinte.* Mas precisava ser feito. O leite era muito difícil de administrar, então ela escolheu uma caixa de iogurte natural para ela e deixou Dylan escolher o seu. O pequeno pote de manga com morango o deixava quase tão feliz quanto um biscoito. Quase. *Ok, é apenas um dólar a mais. Nada mau.* Ela caminhou até à caixa e deixou Dylan empilhar os mantimentos na esteira, uma proposta complicada quando teve que segurar nele e na cesta para fazer isso. Baylee examinou a tela com olhos cuidadosos. *Não posso ser indiferente quanto ao preço.* Contando o troco, ela despediu-se do empregado da caixa e arrastou-se lentamente para o crepúsculo.

CAPÍTULO 4

"Sr. Milligan?" Carrie disse.

Ele ergueu os olhos do relatório do incidente que estava a escrever. *Detesto relatórios de incidentes. Por que diabos aquele idiota teve que tentar virar dois cowboys um contra o outro depois de cada um ter bebido três cervejas?* Ele teria que pedir duas cadeiras novas e ver se conseguia consertar a mesa. Chase suspirou. Uma mesa nova não estava no orçamento. Tinha que haver uma maneira de resgatar a danificada.

"Sr. Milligan?"

"Sim, Carrie?"

A loira com a camisa xadrez amarrada e shorts à daisy duke deu-lhe um sorriso sedutor, inclinando-se para a frente de forma que o decote pouco convincente ameaçou entornar para fora do seu top. "A máquina de margaritas no bar do karaoke está outra vez pifada. O Jake quer saber se pode vir consertá-la?" Ela piscou os cílios postiços para ele. *Como ela consegue ver alguma coisa com toda aquela porcaria à volta dos olhos?* As lentes de contacto azul-bebé de Carrie não eram muito atraentes, mas a máquina de margaritas precisava da sua atenção, então ele suspirou, pôs-se de pé e deixou o relatório sobre a mesa. Passando as mãos pelos cabelos castanho-avermelhados à altura dos ombros, ele atirou o Stetson para trás na cabeça e perseguiu irritado a empregada sedutora. *Parece que vai ser mais uma longa noite no clube.*

"Vá lá, Bay. Por favor? Por mim?" Shelby bajulou. O marido revirou os olhos.

"Desculpa, Shel," Baylee respondeu suavemente, afastando uma mecha de cabelo castanho dos seus olhos. "Apenas já não sinto vontade de cantar."

"Não entendo o que te aconteceu," disse Shelby, agarrando a mão de Baylee e apertando-a. "Tu adoravas cantar, fazias isso constantemente. O que aconteceu à tua luz interior, miúda? Pareces uma casca desgastada a cada dia que passa."

Baylee mordeu o lábio para evitar que tremesse. *Se ao menos soubesses... mas nunca vou contar. É escusado.* "Podes emprestar-me o teu telefone?"

"Não," Shane insistiu. "Ligaste para a minha sogra duas vezes. Ela criou cinco filhos e dois filhos adotivos. Se houver uma emergência, ela avisar-nos-á, por isso para de incomodá-la."

Baylee olhou para a mesa. O seu desconforto por estar separada de Dylan à noite simplesmente não se dissipava. Uma sensação torturante de pavor cresceu na sua barriga, fazendo-a querer vomitar. Ela tomou um gole de água. *Não se passa nada, pessimista. Relaxa. Estás a arruinar esta noite para os teus amigos.* Amigos que pagaram a conta e pediram um aperitivo e uma cerveja para ela. Amigos que queriam ver a feliz e confiante Baylee que conheceram. Ela empurrou com o dedo indicador uma pequena pilha de açúcar derramado que escapou do pacote de doce de chá de Shelby, criando uma pequena montanha e depois achatando-a. *Se ao menos as montanhas da vida fossem tão fáceis de domar.*

"Vou cantar," disse ela.

"Ótimo!" Shelby jorrou. Shane encolheu os ombros.

A música terminou e Baylee levantou-se, tomou um gole da sua bebida e lentamente fez o seu caminho até ao palco.

~

Como sempre, a máquina de margaritas não estava estragada, mas presa. Um ajuste hábil e a lama doce e picante fluiu livremente novamente, deixando Chase coberto de água com açúcar até ao pulso. Fazendo uma careta, ele enxugou a mão numa toalha e voltou para o seu escritório. *Se quiser chegar a casa antes do amanhecer, o relatório do incidente tem que ser preenchido.* O seu progresso pela sala foi interrompido pela visão do seu assistente.

"Cole!" Ele exclamou, batendo no ombro do homem. "Não consegues ficar longe nem mesmo na tua noite de folga?"

"A minha mulher queria vir. Já se conhecem? Shelby, este é o meu gerente, o Chase Milligan. A minha esposa, Shelby." O homem disse com o seu sotaque londrino.

Chase tirou o chapéu para a mulher bonita e rechonchuda. Ela sorriu, as suas bochechas rosadas e redondas formando covinhas e estendeu a mão. Ele agarrou-a, fazendo uma careta quando a sua pele grudou na dela.

"Desculpe," ele disse, o seu rosto a aquecer. "Mistura de Margarita."

"Não se preocupe," respondeu ela, remexendo na sua bolsa. "Aqui está." Ela puxou um lenço humedecido e estendeu-o.

"Shel!" O marido exclamou. "Já se passaram dois anos. Porque ainda andas com essas coisas?"

"Crianças treinadas para usar o penico ainda são uma trapalhada," ela respondeu. "E elas funcionam para tudo, desde gelado a... bem e mistura para margarita."

"Lá isso fazem," Chase respondeu. "Está a divertir-se, Menina Cole? Experimentou a máquina de karaoke?"

Shane revirou os olhos novamente. "A minha mulher não

conseguia sair a cantar de dentro de um saco de papel," explicou ele.

"É verdade," ela concordou, rindo. "Estamos aqui porque a minha amiga é uma excelente cantora. Ela está agora no palco. Não é fantástica?"

O som de uma voz feminina melodiosa filtrada pelo barulho no bar prendeu a atenção de Chase. Ele virou-se como se atraído por um imã e viu a figura esguia e os longos cabelos castanhos da miúda delicada que havia aparecido pesadamente nos seus pensamentos obsessivos ultimamente. *A Baylee, aqui no meu bar? E a esposa do Shane Cole é amiga dela? Perfeito.* "Conhece esta rapariga?"

"A Baylee? Claro. Somos amigas há anos," respondeu Shelby.

"Porque quer saber, chefe?" Shane perguntou.

"Bem," ele procurou ser novamente indiferente. Talvez na penumbra do bar de karaoke, ele fosse capaz de fazer isso. Virando uma cadeira de lado, ele curvou-se sobre ela. *O relatório pode esperar quando a Baylee estiver por perto.* "Reparei nela. É bonita. Gostaria de convidá-la para sair, mas ela conteve-se. Sabe porquê?"

Shelby deu-lhe um olhar pensativo. "Ela não me conta tudo e não tenho a certeza se o que eu sei deve ser compartilhado. Mas ela é boa rapariga, vale a pena perseguir, se conseguir superar as defesas dela."

"Alguma ideia de como eu poderia fazer isso?" Perguntou ele.

Shane ergueu a sobrancelha e fez uma cara de nojo. "Não te dês ao trabalho. A miúda estava bem há alguns anos, mas agora é apenas uma aproveitadora. Ela provavelmente iria atrás de ti, uma vez que tens dinheiro, mas tens a certeza de que é esse tipo de miúda que queres?"

"Está calado, Shane," a sua esposa rosnou, batendo no seu braço. "Isto não é verdade de maneira nenhuma. Ela está com algum tipo de problema, acho eu."

"Mentira," Shane respondeu. "Ela tem dois empregos. O quão falida pode estar?"

Enquanto Chase ouvia a rápida troca de idas e vindas, uma ideia lentamente se infiltrou na sua mente. "Shane, posso estar errado, mas... não acho que seja isso. Eu dei-lhe o meu cartão. Ela sabe que não estou falido e ainda assim não quer falar comigo."

Ambos os Cole olharam para ele.

"Hum, Sr. Milligan, há quanto tempo tenta fazer a Baylee sair consigo?" Shelby perguntou com uma voz tímida e contida.

Caramba, lá se vai a indiferença. "Algumas semanas... talvez seis?" Disse ele.

Shane ergueu novamente a sobrancelha, desta vez em diversão. "Então, deves realmente querer que ela seja uma pessoa de qualidade," ele comentou. Depois baixou-se quando a mulher o atacou novamente. Ele agarrou o pulso dela. Quando ela parou de lutar, ele beijou as costas da mão dela e colocou-a no seu joelho.

Chase abanou a cabeça. *Mas que relação estes dois têm.*

Sem saber o que dizer a seguir, ele ouviu a miúda que não conseguia parar de pensar como sendo sua. *Uma voz tão bonita. Uma miúda tão bonita.*

"Chase," Shane disse, acenando com a mão entre o chefe e o palco. Chase pestanejou e concentrou-se no seu A.M.

"Sim?"

"A Shelby está a tentar perguntar-te uma coisa."

Chase voltou a sua atenção para a senhora.

"Quer que defenda o seu caso?" Ela perguntou.

Ele olhou-a, considerando, mas a sua atenção voltou gradualmente para o palco. Ele viu Baylee cantar, ouviu a sua doce voz. *Como posso querer tanto alguém, quanto mais uma estranha?* A razão não participou. *Cuidado, Chase. Não deixes que te partam novamente o coração.* Mas ele estava além de se proteger. Algo em Baylee o atraiu e isso não dava para negar.

A miúda acabou de cantar e desceu as escadas em meio a

uma enxurrada de aplausos. Ignorando os elogios e pedidos de repetição, ela voltou para a sua mesa, os olhos fixos em Shelby, sem reparar nele.

"Bem, como me saí?" Ela perguntou. Os seus olhos brilharam na luz fraca da vela sem chama sobre a mesa. O rubor das suas bochechas brilhou mesmo na escuridão.

"Lindamente, querida," Shelby pegou na mão dela e deu um aperto suave. Ela olhou para o marido e estreitou os olhos, avisando-o.

"Muito bem," Shane murmurou baixinho. Baylee moveu-se para se sentar, afundando graciosamente... bem no colo de Chase. Ele foi incapaz de resistir à tentação de envolver os braços à volta da cintura dela.

"Olá, Baylee," ele murmurou contra o seu ouvido. Por uma fração infinitesimal de segundo, ele poderia ter jurado que o corpo dela relaxou contra ele e quando ela se moveu não foi com um salto de susto. Ela simplesmente levantou-se e virou-se.

"Tu."

"Sim, senhora," respondeu ele com pesar, inclinando o seu Stetson na direção dela. "Como estás esta noite?" Embora a fala arrastada fosse real, ele deliberadamente a acentuou, tentando soar como um bom rapaz.

"Estava melhor antes de *apareceres,*" ela respondeu.

Pelo canto do olho, ele viu Shelby virar-se para o marido e apontar um *olhar de 'é como eu disse'*, na direção dele.

"Lamento que te sintas assim," Chase disse, deixando cair o seu ar despreocupado em favor da sua intensidade usual. "A tua visão tornou a minha noite bem melhor."

Essa sugestão de consciência deflagrou novamente nos seus olhos. Ela deu-lhe um olhar profundo e avaliador. Ele devolveu-lhe o olhar com firmeza, desejando que ela se suavizasse.

"Baylee, não sabia que conhecias o supervisor do meu marido," disse Shelby.

"E não conheço," a rapariga respondeu, sem quebrar o contacto visual com Chase. "Ele vem à livraria de vez em quando e tenta engatar-me com olhares ardentes e falas engraçadas."

"A sério, Baylee, isso é um pouco duro," ele protestou. "Posso queimar-me, mas nunca sou piroso."

Ela olhou fixamente, a sua expressão vazia, por um momento interminável antes de uma risada escapar. E depois outra. Ela tapou a boca com as duas mãos, mas era tarde demais. *A Baylee está a rir. É um primeiro passo.* Chase agarrou na mão dela e puxou-a novamente para baixo para o seu colo.

"Aí está. Agora a noite está perfeita," disse ele. *Ela é tão pequena que parece um pássaro pousado no meu joelho. Duvido que ela pese mais de cinquenta quilos.*

Ele esperou que ela lutasse, mas novamente, aquela estranha quietude tomou conta dela, por mais tempo desta vez. Ela equilibrou-se, como se em profunda contemplação, no colo dele, o seu traseiro macio e quente comprimido contra as suas Wranglers.

"Não está na sua hora, chefe?" Shane disse e Chase amaldiçoou-o sob a sua respiração. Ele colocou gentilmente Baylee no chão.

"Sim," ele suspirou. "Gostei de ver-vos. Baylee, estarei a fumegar na tua livraria em breve."

Enquanto ele se afastava, ele ouviu Shelby dizer: "Devias dar-lhe uma oportunidade. Ele é bom rapaz e Deus sabe que precisas sair mais."

"Não posso," respondeu Baylee, o arrependimento na sua voz audível mesmo com o barulho na sala. "Quer dizer, não me entendas mal, ele é muito atraente. Mas não tenho tempo para homens ou relacionamentos."

"Vale a pena reservar um tempo para este," respondeu Shelby.

Se Baylee acrescentou à conversa, Chase não ouviu. *Maldito relatório. Segurar em Baylee é muito mais divertido do que pedir cadeiras novas.*

"Vale a pena arranjar tempo para este," disse Shelby, com os olhos colados no rabo perfeito de Chase, protegido pelas suas Wranglers justas. A boca de Baylee ficou a aguar. *Porque diabos tinha que encontrar um bonzão AGORA quando não posso fazer nada em relação a isso? Quem me dera que as coisas fossem diferentes...* Se as coisas fossem diferentes, ela estaria em apuros com aquele.

"Eu sei," ela disse tristemente. Depois, abanou a cabeça. "Acho melhor ir embora. Estou a arruinar a vossa noite."

"Não estás nada," Shelby insistiu. Baylee olhou para Shane. Ele lançava-lhe um olhar penetrante e ilegível, como se não tivesse certeza do que fazer com ela. Estranho, considerando que ela o conhecia há anos. Eles nunca foram exatamente amigos, mas ele não deveria surpreender-se com ela. "Não tenhas pressa," ele disse suavemente.

Baylee pestanejou. Para disfarçar a sua confusão, ela tomou um gole de cerveja. *Calma, miúda. De certeza que não te queres embebedar.*

Um prato de asas chegou enquanto ela cantava. O saboroso aroma de frango com molho teriyaki fez o seu estômago embrulhar. Ela olhou para os seus amigos e engoliu um pouco de saliva. Shane empurrou a comida na sua direção. Os seus dedos tremeram quando ela levantou uma asa quente e pegajosa e deu uma dentada. *Devagar, Baylee. Não devores. Não te apresses.* Ela forçou-se a mordiscar a comida. Shelby lançou-lhe um olhar simpático. Baylee desviou o olhar. *Não tenhas pena de mim,* ela pediu silenciosamente à amiga. *Não fazes ideia de como sou abençoada.*

Outra hora se passou. A tensão diminuiu e os três amigos conversaram e ouviram os cantores, avaliando-os como se fossem juízes de reality shows. Para Baylee, foi como voltar no tempo, quando as coisas eram apenas um pouco difíceis. Shane tratava-a novamente como amiga da sua esposa e não como uma sanguessuga exploradora. O facto de ele estar a pagar para ela sair à noite já não parecia incomodá-lo. Conseguiram finalmente devorar três cestos de asas e algumas batatas fritas também cortadas de forma caseira. Com comida na barriga, Baylee sentiu-se segura para beber metade da sua cerveja. O álcool relaxou-a. Também foi direito para a bexiga.

"Com licença," ela disse aos amigos, levantando-se da cadeira. "Eu já volto."

Ela cruzou o piso áspero, pontapeando cascas de amendoim enquanto caminhava em direção à casa de banho das mulheres. Era um corredor estreito com escritórios ao longo da parede oposta. A porta do escritório do gerente estava entreaberta e havia uma cabeça familiar curvada sobre uma mesa. Dedos longos e calejados agarraram num lápis que voou sobre uma folha de papel cor de laranja. Ela permitiu-se dar uma longa vista de olhos. O *Chase Milligan é demasiado bonito para o seu próprio bem,* ela pensou, *mesmo com o seu cabelo castanho-avermelhado um pouco longo demais a tocar no seu colarinho.* O seu Stetson fora jogado numa cadeira ali próxima. O seu rosto bronzeado estava fixo numa concentração de cerrar os maxilares, chamando a sua atenção para a linha cuidadosamente barbeada do seu queixo tenso. A barba por fazer também realçava as suas maçãs do rosto esculpidas. *Gostaria de mordiscar cada centímetro.* Abanando a cabeça com os seus pensamentos errantes, Baylee correu para a casa de banho.

~

No início, Chase estava tão profundamente envolvido no seu relatório que não se apercebeu da conversa suave e intensa que ocorria fora da porta do seu escritório. Os seus ouvidos ouviram as palavras, mas a sua mente não as captou.

"Aí estás tu, Bay-bee," uma voz áspera rosnou. "Eu sabia que estavas aqui."

"Não é esse o meu nome, Sly e tu sabes disso."

O chiado indignado de uma voz feminina penetrou na névoa

de trabalho de Chase. "Larga-me, idiota. Tira as mãos de cima de mim."

Chase olhou para cima a tempo de ver um flash colorido passar pela sua porta. A voz continuou a sibilar num tom furioso: "Pára com isso, Sly! Deixa-me! Aonde me levas?

"Está na hora de termos uma conversinha, Bay-bee," a voz masculina respondeu pelo corredor. *Espera aí, eles vão na outra direção, para longe do bar em direção à saída exclusiva para funcionários na parte de trás do prédio. E eu conheço aquela voz, as roupas e os longos cabelos castanhos da mulher que vi sendo puxada.*

Chase voou da cadeira e correu para o corredor, olhando consternado quando a porta do beco se fechou. Ele seguiu-os. Afastando o aço pesado da sua estrutura apenas o suficiente para deslizar os seus ombros, ele imergiu no beco escuro e vazio. Deu um passo com cuidado para evitar que as suas botas fizessem barulho nos tijolos sob os seus pés. Chase examinou a noite. *Nada à esquerda.* Ele virou-se para a direita, onde uma figura esguia lutava silenciosamente com outra muito maior e mais corpulenta. A mandíbula de Chase cerrou.

"Larga-me," Baylee insistiu, mais alto e com mais urgência.

"Não, senhora," respondeu o desconhecido. "Vamos ter uma conversinha, tu e eu. Não está certo o que tu fizeste, miúda. Nada certo. Como pudeste tratar o Blade daquela maneira?"

"*Blake,*" ela respondeu, enfatizando o nome, "é um riquinho e um criminoso. Eu não lhe devo nada a ele nem a ti. Não posso acreditar que conseguiste localizar-me. Vai para casa, Sly. Não estás em Corpus e há gangues de verdade aqui. Seria muito perigoso para ti ser apanhado aqui por aqueles capangas assustadores."

"Cala-te, Bay-bee," o homem respondeu. "O Blade é dos nossos. E *tu* deves-lhe algo... a verdade! Não achas que ele merece saber?"

"Não," respondeu Baylee. "Ele não merece nada de mim. Ele arruinou a minha vida. Agora desanda. Vai para casa e deixa-me em paz. Não te quero aqui."

"Oh, eu vou, Bay-bee e tu vens comigo."

"O tanas!" Ela ergueu o joelho. O homem esquivou-se e atirou-a para o chão. Ela gritou.

Chase cobriu a distância entre ele e a sua miúda antes de perceber que se movia. De perto, o homem era mais baixo do que ele, mas corpulento. Usava uma camisola de alças suja com uma camisa xadrez, desabotoada por cima. Tatuagens cobriam as partes expostas do seu peito e subiam até ao seu pescoço. Chase absorveu isso tudo no segundo necessário para enfiar um punho furioso na boca do homem.

O atacante de Baylee grunhiu e caiu. Chase pontapeou-o na barriga, saboreando como o ar foi expulso dos pulmões do homem num grunhido de dor.

Ele parou ao lado do idiota que Baylee chamou de Sly, olhando para baixo com desprezo e disse: "És de Corpus?"

"Sim," Sly respondeu baixinho, limpando uma mancha de sangue do lábio.

"É melhor pirares-te para lá o mais rápido possível. A Baylee é a minha miúda e ninguém mexe com ela comigo a ver, percebeste?"

O homem murmurou algo incoerente. Chase voltou a pontapeá-lo, um pouco mais forte desta vez, a ponta reforçada de aço do seu Roper contactando com as costelas do homem.

"Não ouvi. O que disseste?" Ele perguntou suavemente.

"Sim, senhor."

Chase sorriu enquanto o gângster escapuliu para a escuridão. "Estás bem?" Ele perguntou, estendendo a mão. Baylee agarrou-a e ele pô-la de pé. De pé, ela era pequena, mas não tão pequena quanto ele esperava, especialmente por ser tão leve como ela era.

"Estou ótima," respondeu ela, mas ele via que ela tinha um arranhão no braço. Sem pensar, ele apertou-a num abraço apertado. Uma vez mais, ela pareceu derreter nos seus braços, deixando a sua testa descansar no seu ombro.

"Eu não sou a tua miúda," ela murmurou na camisa dele.

"Eu sei. É vergonhoso," ele respondeu, esfregando as suas

costas. Ela olhou para o rosto dele, a luz cintilante da rua iluminando as sombras escuras sob os seus olhos. Linhas finas delimitavam a sua boca. *Ela é demasiado jovem para ter marcas destas. O que correu tão terrivelmente mal na vida dela?* Entre aquelas pequenas ranhuras, lábios carnudos acenaram, irregulares com mastigação preocupada, no entanto, rosados e bonitos. Ele inclinou a cabeça e tocou com a sua boca na dela. A carne tenra comprimiu-se docemente e os braços dela envolveram o seu pescoço. Depois de um momento delicioso, ele soltou os seus lábios, abraçou-a e levou-a de volta para o prédio.

Aproximando-se da mesa do seu amigo, ele pôde ver Shane e Shelby examinando a multidão.

Shelby viu-os primeiro. Ela pôs-se de pé e tentou arrancar Baylee dos seus braços. Ele reforçou o seu aperto.

"Onde estavas?" A loira exclamou. "Demoraste tanto!"

"A Baylee teve um pequeno susto," disse ele, respondendo por ela, "mas ela agora está bem. Vou levá-la para casa. Aqui, querida. Senta-te com os teus amigos enquanto eu pico o ponto."

"Não te preocupes," Shane interrompeu. "Eu pico o ponto por ti. Leva a Baylee. Ela parece precisar de ti."

Chase olhou para a rapariga nos seus braços e viu-a a olhar para ele com olhos enormes e incertos. A expressão dela implorava por algo que ele não entendia.

"Obrigado, Shane," Chase disse, o seu braço apertando a cintura de Baylee enquanto a conduzia até à porta. Ela não fez menção de se afastar dele. Envolvendo o braço em volta da sua cintura, ela agarrou-se, recusando-se a soltá-lo quando ele abriu a porta do seu Silverado preto e a colocou na cabine.

"Está tudo bem, querida," ele disse suavemente, roçando os lábios na sua testa. *Ela está muito mais abalada do que eu pensava.* Ele fechou a porta e deu rapidamente a volta à carrinha, entrando na cabine.

"Para onde, Baylee?" Ele perguntou enquanto fechava a porta atrás de si.

Ela deu-lhe um olhar vazio.

"Baylee?" Ele estalou os dedos perto da orelha dela. Ela acordou, concentrando-se finalmente. "Onde é que te deixo?"

"Chase?" A sua voz fraquejou.

Ele estendeu a mão e pegou na mão dela, puxando-a para o meio do banco e prendendo-a bem ao lado dele. Ele abraçou-a à volta ombros e ela cedeu contra ele.

"Estou aqui, Baylee. Vou levar-te para casa. Onde vives?"

Ela permaneceu em silêncio por um momento antes de responder, "Círculo de Brazos. Sabes onde é?"

"Sim," respondeu ele. Ele soltou-a para agarrar no volante, para que pudesse contornar a saída do estacionamento e depois ir para o sul em direção a uma área residencial nos arredores da cidade. Assim que navegava confortavelmente, ele pegou novamente na mão de Baylee. A sua pele estava gelada apesar do calor do Texas.

"Estás bem?" Ele voltou a perguntar.

"Sim," ela respondeu, um pouco mais convincente desta vez. "Não vais perguntar quem era?"

"Não," ele respondeu. "Todos temos um passado, Bay. Já decidi que seja lá qual for o teu, eu não me importo. Posso dizer que és uma miúda elegante. O que aconteceu antes… Não me interessa."

"As famosas últimas palavras," ela respondeu e não o disse como se fosse uma piada. A ironia na sua voz o atingiu.

"Experimenta," respondeu ele. "Diz-me algo que aches que me vai assustar. Vamos ver o que acontece."

"Porquê, Chase?" Ela exigiu saber. "Porque estás tão determinado a ficar comigo? Não sou nada de especial."

Ele abanou a cabeça. "Estás enganada, Bay. Tu és especial. Eu vejo isso."

Ela apertou a mão dele e sussurrou algo indistinguível sob a sua respiração.

"O que foi isso?" Perguntou ele.

"Nada," respondeu ela. "A vida é injusta, só isso."

"Pois é," ele concordou. *Sabes muito bem que isso é verdade.*

"Mas as pessoas não têm de ser. Vá lá, Bay. Abre-te comigo. Pelo menos diz-me porque me continuas a afastar. E não digas que não tens tempo. Não é nada disso. Poderias arranjar tempo se quisesses e a menos que eu esteja muito enganado, a minha atração não é completamente unilateral."

Ele ousou olhar na direção dela. Ela tirava a cutícula. Ele apertou a mão dela, interrompendo o seu movimento nervoso. Voltou a sua atenção para a estrada. O tráfego de sexta à noite em Dallas não era lugar para se distrair.

"Não estás enganado." As palavras suaves justificavam outro olhar rápido.

"Diz isso de novo, Baylee. Quero ter a certeza de que não entendi mal."

"Não estás enganado. Tu sabes que és um homem atraente, Chase. É lisonjeiro chamar a tua atenção. Gostei. Mas a minha vida é... não está certo eu namorar." Ela apertou a mão dele e então os seus dedos suaves começaram a acariciar.

A sua suave carícia despertou-o instantaneamente. Ele mexeu-se desconfortavelmente no assento, tentando impedir a sua ereção de pressionar a costura das suas calças de ganga. *Caramba, mulher, decide-te! Queres-me ou não?* "Pelo menos podes dizer-me porque é que não está certo? És casada?" Ele sentiu o dedo dela. Não tinha anel.

"Não, nunca fui casada. Existem... outras razões."

Ele transformou-se na sua subdivisão. As casas ali pareciam ter sido apagadas na imprensa. Todas idênticas, exceto a cor do acabamento. As grandes estruturas de dois andares aglomeravam-se, lado a lado, tão perto que uma pessoa poderia cuspir de uma janela para a outra. Bairros como este sempre faziam Chase sentir comichão. Ele parou em frente a um dos prédios e estacionou junto ao passeio.

"Podes dizer-me pelo menos um desses motivos, Bay? Se me queres e eu quero-te, mas não podemos ficar juntos, é pedir demais tentar entender o porquê?"

Ele virou-se para encará-la, deslizando um joelho no assento, no pequeno espaço entre os seus corpos. Lá estavam aqueles olhos assombrados novamente. Ele levou a mão ao rosto dela e ela apoiou a bochecha na sua palma.

"Confia em mim," ele disse suavemente. "Eu não te quero magoar, Baylee."

"Eu sei," respondeu ela. Os olhos dela fecharam-se, aparentemente apreciando o calor da pele dele contra a dela. "Ok. Um facto. Eu não moro nesta casa."

Ele pestanejou. "Então, por que estamos aqui? Não queres que eu saiba onde moras?"

"Não é isso. Não invento endereços para te manter na expetativa. Esta é a casa do Shane e da Shelby. Estou aqui porque... bem, sabes que eles têm dois filhos, certo?"

Chase pensou. "Sim. Acho que o Shane os mencionou algumas vezes." *Pergunto-me aonde é que ela quer chegar com isto.*

"Bem, a mãe da Shelby está aqui agora, a cuidar dos meninos. É por isso que eles puderam sair juntos."

Ela aninhou a sua bochecha contra a mão dele. Ele traçou o seu lábio inferior carnudo com o polegar. Ela franziu os lábios, beijando-o. Ele sorriu com um lado da boca.

"E?"

"E ela também... também está a olhar... pelo meu filho."

O mundo de Chase mudou à sua volta até que ele realmente se sentiu tonto com isso. "Tens um filho?"

Ele sentiu mais do que a viu acenar com a cabeça contra a palma da sua mão. "O Dylan. Ele tem três anos."

"Três? Devias estar no secundário quando o tiveste." O comentário fútil escapou antes que ele pudesse detê-lo.

"Não, Chase. Eu tinha vinte e dois anos. Tenho vinte e cinco agora."

"E aquele homem no estacionamento, era o..."

"O Sly? Não, ele não é o pai do Dylan. É amigo dele. Não sei como diabos ele me encontrou, ou porquê, mas o pai do Dylan não faz parte da minha vida desde antes de o meu filho nascer. Nunca mais fará."

"E é porque..."

"Ele está na prisão."

Chase levou mais um minuto para processar a informação. *Por um lado, andar atrás de uma mãe é uma proposta diferente de tentar namorar com uma miúda desimpedida. Por outro lado...* "Eu gosto de crianças. E tenho trinta e dois anos. Muitas mulheres têm filhos. Por mim, está tudo bem."

"Não te contei para te expulsar," disse ela, "mas se vou ao menos considerar mudar os meus planos de vida para incluir a possibilidade de... tu, tu precisas saber. Entendes agora porque é que eu estava relutante? A minha vida inteira gira em torno do Dylan. Não posso deixar ninguém chegar perto dele."

"Eu entendo, Baylee," ele disse a ela, "mas juro-te, eu nunca lhe faria mal. A menos que queiras ficar sozinha para sempre, tens que deixar alguém conhecer-vos aos dois."

"Prefiro ficar sozinha para sempre do que arriscar a segurança do Dylan."

Chase deu-lhe um pequeno puxão. Baylee foi esparramada contra o seu peito, mas em vez de se afastar, ela aninhou-se. Ele deu-lhe um beijo no cabelo. "Podes confiar em mim, Bay. Por favor, dá-me a oportunidade de provar-te isso." *Ela luta demasiado. Não tem sustento suficiente.* Ele deu-lhe um olhar de profunda preocupação. "Deixa-me ajudar-te."

"Não tenhas pena de mim," ela disse ferozmente, claramente interpretando mal a sua expressão. "Não fazes ideia de como sou abençoada. Mas... eu preciso de tempo, Chase. Tenho de pensar no assunto. Por favor, não me apresses." Os seus olhos imploraram-lhe.

"Ok, vou dar-te um pouco de espaço, querida. Apenas promete-me que não vais desaparecer, ok? Caso contrário, vou procurar-te à livraria outra vez."

Ela sorriu.

"Não odiavas mesmo ter-me por lá, pois não?" Ele perguntou, pressionando.

"Sim," respondeu ela, "por ficar a pensar em como és adorável e..."

As suas palavras foram engolidas quando a boca dele caiu sobre a dela. Ele já não esperava a resistência dela e, na verdade, ela não a forneceu. Os seus lábios se agarraram docemente aos dele e quando ele a tocou com a língua, ela abriu a boca. Ele mudou, deslizando-a ao longo do banco para que pudesse sair de trás do volante. Ele beijou-a, uma mão atrás do seu cabelo, prendendo a sua cabeça no lugar, a outra ao redor da sua cintura. Ela contorceu-se para mais perto dele, agarrando os seus ombros enquanto se submetia ao seu abraço devastador. Por fim, a falta de oxigénio forçou-o a levantar a cabeça. Ele olhou para os seus lindos olhos castanhos. Ela parecia atordoada, talvez um pouco tonta e os seus lábios estavam separados. Foi um convite que ele não poderia recusar. Ele baixou a cabeça novamente. Uma vez mais, Baylee deixou. As suas mãos se arrastaram para a nuca dele e ela brincou com o seu cabelo enquanto ele brincava com o interior da sua boca.

O fogo no sangue de Chase rapidamente corroeu todas as possibilidades de pensamento racional. Ele pressionou Baylee, inclinando-a para trás no assento e cobrindo o seu corpo com o dele. Os seus lábios deixaram os dela para percorrer o seu queixo até à orelha, onde a beliscou. Ela gemeu. Ele apertou o seu corpo contra o dela, deixando-a sentir o que ele queria.

"Chase, para," ela disse, empurrando-se contra o ombro dele.

Ele aninhou-se no seu pescoço. Ela derreteu sob os seus cuidados. "A boca diz não, mas o corpo diz sim," ele murmurou.

As suas palavras o tiraram da sua névoa de paixão. *Isso é uma coisa terrível de se dizer, Chase Milligan. Qual é o teu problema? A boca diz não, discussão encerrada.* Ele endireitou-se no assento e puxou-a para o lado dele.

"Desculpa," ele disse. "Eu não queria ir tão longe."

Ela abanou a cabeça. "A culpa não foi tua. Eu sei que estava a emitir sinais confusos. Já faz algum tempo e... preciso de um abraço mais do que nunca ultimamente."

"Posso saber porquê?"

"Não, ainda não," respondeu ela. "Talvez em breve. Veremos. Mas há algo que deves saber."

"O quê?"

"Eu não vou para a cama contigo."

Ele franziu a testa com as suas palavras rudes. "Alguma razão em particular?" Ele perguntou secamente. *Nenhum alívio à vista.*

"Sim," ela respondeu. "Da primeira vez, o sexo não me fez nenhum favor. Sou filha de um pastor, Chase. E também aprendi a minha lição. Sem aliança, não há sexo." Ela deu-lhe um meio sorriso que fez o seu coração disparar.

"Bem, não vou dizer que adoro a ideia de um namoro longo e lento sem intimidade, mas posso respeitar a tua posição." *Caraças, mãe! Tinhas que me criar para ser um cavalheiro?* "Só, não vamos beijar muito, ok? Fica um pouco doloroso." Ele empurrou inconscientemente a dor latejante dentro das suas calças de ganga.

Ela fez beicinho, picando realmente o seu delicioso lábio inferior. "Isso significa que não há abraços?"

Chase acariciou a maciez sedosa do cabelo de Baylee. "Querida, se concordares em namorar comigo, eu vou-te abraçar por horas."

Desta vez, o seu sorriso era de lábios cheios e olhos brilhantes e lindos.

CAPÍTULO 5

"Hum, chefe?" Shane disse. Haviam acabado de caçar os últimos clientes e arrumavam o Quarto Wrangler, como era chamada a ala Country e Oeste do clube. Shane limpou a barra de madeira antiquada com um pano húmido. Chase pegou nos fragmentos de uma caneca de cerveja partida no canto.

"O que se passa?" Chase perguntou.

"A Shelby queria que eu te convidasse para vires à igreja connosco amanhã à noite."

Chase pegou noutro caco de vidro lascado, tentando não o enfiar na palma da mão. "Igreja? Não sei. Não o faço desde que era criança. Além disso, sou divorciado. Eles não têm problemas com isso?"

Shane riu. "Não. É uma igreja metodista. Eles têm a mente muito aberta. Além disso, é o novo milénio. As igrejas que restringem os divorciados não duram muito. Vais ficar bem."

Chase fez uma careta. "Eu não tenho muita fé, Shane. A vida é uma porcaria. Onde está Deus nisso?"

"Ainda aí está, quer acredites ou não."

Eles nunca falaram sobre aquilo antes e a conversa deixou Chase desconfortável. "Quanto a isso não sei."

Shane encolheu os ombros. "Não tens que saber as respostas todas, chefe. Às vezes, basta reconhecer as perguntas. De qualquer forma, a Shelby queria que eu te convidasse. Ela pensou que poderias gostar. Se não, não importa, mas pelo menos posso dizer à minha mulher que perguntei."

"Tens estado na casota do cachorro ultimamente, não é?" Chase brincou, transformando a conversa num humor provocador.

"Um pouco," Shane admitiu, deixando cair o pano e esfregando os dedos sobre o couro cabeludo. As suas sobrancelhas grossas e escuras uniram-se. "A Shel ainda está brava comigo por causa da Baylee. Acha que fui injusto com ela. Mas o que devo pensar? Ela passou de uma amiga que estava disposta a dar e receber para uma aproveitadora quase que da noite para o dia."

Chase deitou os fragmentos numa das enormes latas de lixo pretas que arrastou para fora da cozinha. "Parece-me que se alguém muda de um dia para o outro, é motivo para fazer perguntas, não excluí-lo," comentou, feliz por mudar de assunto.

"Suponho que sim."

A sua ânsia em deitar a rapariga abaixo não agradou Chase. Enquanto Baylee ainda estava relutante em se abrir com ele, ela ligou-lhe duas vezes. Conversaram por uma hora de cada uma das vezes. Conversas superficiais, com certeza, mas interessantes. Ela não lhe disse qual era o seu problema e ele não a pressionou, preferindo deixá-la ficar confortável com a ideia de ele fazer parte da sua vida. Ela começou a falar várias vezes e conteve-se, mas ele podia sentir o desejo de se deixar crescer dentro dela, mesmo por telefone.

Da próxima vez que ela ligar, vou convidá-la para sair novamente. Tenho a sensação de que ela pode estar pronta. Mas o que lhe devo pedir para fazer? Ela realmente não parece o tipo de miúda para ir jantar e ir ao cinema. Fez-se luz no cérebro de Chase. *O zoológico! Eu poderia convidar ela e o filho para irem ao zoológico! Posso dizer a ela que não é um encontro, se isso a faz sentir melhor.* A criança em Chase que nunca crescera sempre amou olhar para os animais. *Aposto que o filho dela também não foi a muitos zoológicos, se eles estão tão falidos quanto o Shane disse.*

"Chefe, ainda estás comigo?" O seu assistente perguntou, trazendo-o de volta à realidade.

"Sim, Shane. Estou contigo."

Shane riu. "Se não te conhecesse, pensaria que estavas perdido num par de grandes olhos castanhos. Se queres olhar para a tua miúda, ela não deveria estar aqui?"

"Ha, ha," Chase respondeu secamente. Então, ocorreu-lhe uma ideia. "Porque não intimidas a tua mulher a dar-me o número da Baylee? Assim posso ligar-lhe."

"Creio que ela não tem telefone," Shane informou-o.

Chase franziu a testa. "Não tem telefone? Como é que ela me anda a ligar?"

"Ela vem à minha casa," respondeu ele. "Sabes, pode ficar mais barato para todos se simplesmente te casares com ela."

Chase sorriu, mas não respondeu.

"Então, sobre a igreja?" Shane pressionou.

"Vou pensar nisso."

~

Chase tinha intenções de se esgueirar silenciosamente até à igreja e sentar-se nos fundos e teria conseguido se Shelby não o tivesse visto primeiro. Então, naturalmente, ela apresentou-o a todos. Absolutamente todos, até que os nomes nadaram na sua cabeça como bagres no fundo de um rio. Ainda atordoado, ele deixou-a puxá-lo para um banco vermelho estofado. Ele correu um dedo sobre o braço liso de madeira antes de fixar os olhos no magnífico vitral em frente ao santuário. Retratava Jesus a subir ao céu com os discípulos por baixo, os seus olhares em simultâneo, beatíficos e um pouco tristes. O nível de detalhes surpreendeu-o, já que não era nada mais do que uma variedade de fragmentos de vidro colorido e solda.

O ministro da música subiu ao púlpito e pediu à congregação que olhasse para a tela. Enquanto Chase assistia, um projetor mostrou a letra de um refrão de louvor. Era antigo e Chase lembrava-se da melodia de quando era criança, costumava ir ao culto com a avó.

Uma pequena comoção interrompeu a música quando a porta nos fundos do santuário se abriu e uma voz de criança interrompeu o canto. Uma voz feminina tentou, sem sucesso, abafar a conversa e então emitiu um som suave de surpresa. Um momento depois, a sensação de uma presença preencheu o espaço vazio ao lado dele. Ele olhou e sorriu ao ver o corpo pequeno e os longos cabelos castanhos da sua miúda favorita. Um miúdo loiro empoleirado no seu quadril. Ele queria colocar o braço em volta dos ombros dela, mas decidiu contra isso. *A criança - qual é o nome dele? Ah, sim, Dylan - não me conhece e não quero incomodá-lo. Se tudo o que estes dois têm é um ao outro, o Dylan pode ver-me como uma ameaça ou um competidor pela atenção da sua mãe.*

Chase olhou novamente para o menino. *Parece-se com a mãe, com traços delicados e grandes olhos castanhos, mas deve ter herdado aquele cabelo dourado do pai. Miúdo fofo.* Chase sorriu.

A música terminou e o pastor disse: "Por favor, sente-se."

Baylee colocou o filho no colo. Ele virou-se de lado, de costas para Chase e começou a conduzir um carrinho de brincar por cima das suas calças de ganga. Chase atreveu-se a mover a sua mão pelo espaço entre ele e Baylee e a colocá-la na dela. Ela permitiu o contacto, entrelaçando os dedos nos dele e apertando. Ele esfregou o polegar dela. *Agora estou feliz por ter vindo.*

À medida que o serviço continuou, Chase perdeu a sensação de desconforto. Na verdade, o contentamento parecia irradiar das paredes deste lugar, como se uma combinação de pessoas amorosas e de coração aberto e a presença Divina o envolvessem num abraço de boas-vindas. *Eu pertenço a este lugar. Sou desejado. A minha presença é apreciada. Naquela época também costumava sentir isto. Como é que me esqueci?*

Ele sabia como. A inquietação adolescente roubou a sensação de paz na sua vida. O divórcio dos seus pais tinha-se tornado um sentimento de desencanto. Perder Candace foi a gota d'água. Ele pensava que a fé, assim como a esperança, estava morta. O que havia despertado ambos nele? *Baylee. Mas como poderia ela o ter feito? Mal a conheço. O que há nela que inspirou o meu desejo de confiar?* Ele não sabia. Talvez o desejo em si, fosse um sinal de cura interna. *Mas porquê Baylee*? A pergunta não tinha resposta, mas a sua mão sabia bem na dele. O cheiro do seu cabelo, a memória do seu abraço gentil, o gosto dos seus lábios macios. Todos esses juntos superaram a razão, cavando no seu coração ao nível mais profundo, cavando um lugar e aninhando-se lá dentro. *Podes voltar a sofrer,* a dúvida persistente relembrou-o. Ele arrastou a mão pelo braço dela e colocou-a ao longo da parte de trás do banco, atrás dos seus ombros. Ela aproximou-se dele, aconchegando-se ao lado do seu corpo. *Se me magoar, paciência. Se ficar destroçado, paciência, mas não vou perder esta oportunidade.*

~

Após o serviço, Chase vagou até ao seu carro, perdido em pensamentos. Esta noite fez-se luz com outra peça do puzzle desconcertante que era Baylee Andrews. Depois da bênção, ele demorou-se, esperando conversar por alguns minutos antes que ela tivesse que apressar o filho para ir para a cama. Em vez disso, ela fugiu do santuário, carregando Dylan com ela. Chase encontrou-a a remexer no armário de suprimentos. Lembrou-se daquele momento enquanto fechava a porta da sua carrinha e inseria a chave na ignição.

~

"O que estás a fazer?" Ele perguntou, fazendo-a pular. O esfregão caiu no chão e um rolo de toalhas de papel escapou do carrinho de limpeza, abrandando o seu caminho pelo corredor de ladrilhos brancos e parando ao lado da sala da Escola Dominical da terceira classe.

Ele suavizou a sua gafe com um abraço, que ela aceitou, até que a carranca de Dylan os separou.

"Eu trabalho aqui," disse ela como explicação. "Sou a guardiã."

"Oh, uau," respondeu ele. "Tens dois empregos, então?"

"Arrã. Vês, eu realmente não tenho muito tempo." Ela enrolou uma mecha de cabelo em volta do dedo e mordeu o lábio.

"Porquê?" Perguntou ele.

"Porquê ter dois empregos?" No seu aceno, ela explicou. "Preciso de cuidados infantis para o Dylan. Eu ganho o suficiente na livraria para cobrir a maior parte das nossas despesas, mas creche é... muito cara. Comecei a frequentar os cultos aqui antes de ele nascer e fiz um trato com o pastor. Eu tornar-me-ia a guardiã em troca de uma vaga a tempo inteiro na creche para o meu filho. Ele é o meu pequeno ajudante." Eu bagunçou o cabelo de Dylan. Ele olhou carrancudo para Chase e agarrou-se à perna da mãe.

Chase ajoelhou-se no chão e estendeu uma mão, a palma para cima, em direção à criança. "Olá, Dylan. O meu nome é Chase. A tua mãe é minha amiga. Gostaria de ser teu amigo também."

"Dylan, sê educado," disse Baylee suavemente. "Apertas as mãos quando conheces alguém."

O menino estendeu a mão e também o lábio. Ignorando o beicinho, Chase colocou a pequena palma na sua e bombeou duas vezes. Ele permaneceu ajoelhado e dirigiu as palavras seguintes diretamente à criança. "Então agora, eu tenho uma pergunta para vocês os dois. Eu esperava poder divertir-me um dia destes no zoológico, mas é muito chato se for sozinho. Acham que podem vir comigo? O tempo deve estar bom. Bay, em que dias estás de folga?"

"Segunda-feira," respondeu ela.

Uau. Só um dia de folga? Não é de admirar que ela pareça tão esgotada. "Consigo arranjar a segunda-feira. Não é um dia agitado no clube. O que achas, Dylan? Parece-te bem?"

O menino torceu os lábios para o lado em profunda concentração. Por fim, ele olhou para Chase, os seus olhos castanhos esperançosos, e disse: "Podemos ver os tigres?"

"Claro, campeão," Chase respondeu com um sorriso tranquilo. Dylan considerou aquele sorriso e ofereceu uma tentativa própria. Chase bagunçou-lhe o cabelo antes de virar os olhos para cima para ver Baylee considerar a troca com uma expressão ilegível. "Importaste, Bay?"

Ela concordou. "Parece-me bem. Eu ligo-te e podemos planear. Desculpa despachar-te." Ela riu do seu trocadilho não intencional. "Mas tenho que trabalhar. Quanto mais tempo eu ficar neste corredor, mais tarde terminarei. Felizmente, tudo que tenho a fazer é esvaziar as latas do lixo e limpar a casa de banho do berçário. Fiz o resto antes do serviço. Não deve demorar mais de meia hora se eu começar agora."

"Compreendo." Ele parou. A sua expressão tornou-se esperançosa, assim como a do filho dela há pouco. Chase estendeu os braços. Baylee aproximou-se e ele envolveu-a, tocando com os seus lábios na sua testa. "Obrigado," ele murmurou.

"Pelo quê?" A sua exalação suave aqueceu o seu pescoço.

"Por me deixares tentar. Por me dares uma oportunidade."

Ela sorriu. Mais um aperto na sua cintura esguia e ele soltou-a, caminhando pelo corredor em direção ao estacionamento. Na porta, ele virou-se e a viu ainda a olhar para ele. Os seus olhos se encontraram e ela soprou-lhe um beijo.

CAPÍTULO 6

Na segunda-feira seguinte, às onze da manhã, Chase foi buscar Baylee ao lado de fora da igreja. Ela ficou sob o pórtico, os seus longos cabelos girando com a brisa. Os seus olhos brilharam mesmo na sombra. Ela usava umas calças de ganga bem acabadas e um tanto esfarrapadas e uma t-shirt preta justa. A sua mão agarrou-se à de um pequeno menino de cabelos dourados em calções de ganga e uma t-shirt verde desbotada com um dinossauro. Ambos usavam sandálias. *Graças a Deus, era suposto ser um dia quente.*

Chase saltou da carrinha.

"Conseguiste?" Ela perguntou antes mesmo de dizer olá.

"Sim, senhora. Um assento elevatório instalado e pronto. Olá, Dylan. Estás pronto para ver aquele tigre?"

"Sim," respondeu Dylan, saltando para cima e para baixo.

"Dylan," a mãe disse com uma nota de advertência na sua voz.

"Sim, senhor," o menino emendou, dando a Chase uma expressão arrependida. "Esqueci-me."

"Tudo bem, Dylan," Chase respondeu, estendendo a mão. Dylan segurou-a e apertou-a duas vezes.

"Chase," disse Baylee enquanto colocava o filho ao colo e o carregava para a carrinha.

"Sim, Baylee?"

"Como gostarias que o Dylan te chamasse? Senhor só até certo ponto, mas Sr. Milligan é um pouco grande."

"Ele pode chamar-me de Chase," ele respondeu. "Chamei os namorados da minha mãe pelo primeiro nome, se gostasse deles, até ela casar novamente." Chase clicou no botão de desbloqueio no seu chaveiro e abriu a porta traseira da carrinha.

"Como chamas o marido dela agora?" Baylee perguntou enquanto colocava o filho no meio do banco de trás, esticando-se para alcançar o cinto de segurança. Chase pegou nos seus braços.

"Deixa-me fazer isso, sou mais alto." Ele apertou o cinto com facilidade e fechou a porta. "Chamo-o de idiota." Ele sorriu abertamente.

"Chase!"

"Estou a brincar. Olha, o meu pai fugiu quando eu estava no secundário. Nunca mais voltou. Chamo o marido da minha mãe de pai."

Baylee sorriu. *Ela está tão bonita hoje, tão relaxada. Até brilha um pouco.* Ele não resistiu a beijá-la uma vez nos lábios. O seu sorriso se alargou quando ele ergueu a cabeça.

"Agora vem, querida," disse ele, pegando na mão de Baylee e conduzindo-a ao redor da pickup para o lado do passageiro. "Pula antes que eu perca o controlo e te dê um beijo bobo aqui mesmo no estacionamento da igreja."

Ela riu.

"Hum, porque querias que te viesse buscar aqui?" Perguntou ele.

"Oh," ela respondeu e então parou por um longo momento como se estivesse perdida em pensamentos. "Tinha muito o que limpar ontem à noite depois da igreja. Tive que acabar esta manhã."

"Ah. Onde está o teu carro?"

Ela corou enquanto subia para o assento. "Não tenho." Ela

colocou um dedo nos lábios dele evitando a pergunta que ela deve ter visto ali persistente. "Vou de autocarro, ou às vezes de DART. Não há necessidade de ter um carro no Metroplex."

"Suponho," respondeu ele. Ele levou a mão dela aos seus lábios e fechou-lhe a porta antes de saltar para o banco do motorista e inserir a chave na ignição.

"Ei, antes de irmos para o zoológico, vocês querem almoçar?" Perguntou ele.

"BOA!" Dylan aplaudiu.

"Não é preciso," rebateu Baylee. "Dylan, acabaste de comer." Ela voltou-se para Chase. "Acho que ele está a passar por um surto de crescimento."

"Bem, então vamos buscar algo para aquele menino em crescimento comer," Chase respondeu. "Não dá para ficares grande e forte se estiveres com fome."

Ele saiu do estacionamento e passou sob vários carvalhos frondosos, que começavam a ostentar os seus casacos dourados de outono.

"Chase." Ela colocou a mão no braço dele.

"O que foi, Baylee? Estou a oferecer-vos um almoço como parte da nossa saída. Qual é o problema?"

"Já estás a pagar o zoológico," disse ela. "É demasiado."

"Um par de hambúrgueres é demais?" Ele perguntou, sem entender. A mão dela era agradável no seu braço, então ele agarrou o volante com uma mão e com a outra cobriu-a, prendendo a pequena palma contra os seus bíceps. "Por favor, Bay. Deixa-me fazer isto. Não quero que tu ou o Dylan fiquem com fome."

Ele olhou para ela e a expressão conflituosa no seu rosto adorável fez o seu estômago apertar. A fome no seu olhar era óbvia, mas também era uma boa dose de medo.

"O que se passa nessa cabeça, Baylee?" Perguntou ele. "Porque estás tão preocupada? Tens medo de que eu espere algo em troca? Não espero. Estou a convidar-vos para almoçar. Isso não tem preço, é apenas algo que quero fazer. Achaste realmente que eu exigiria...?" Ele olhou para o banco de trás e depois voltou os olhos para a estrada. "Isso, em troca de um simples almoço fora? Eu sou um cavalheiro, Baylee. Não funciono assim."

"Oh," ela disse, soando em simultâneo, hesitante e esperançosa. Os seus olhos deixaram a estrada por um momento para encontrar os dela. As profundezas cor de chocolate brilharam com humidade.

Ele abanou a mão dela no seu braço e agarrou-a, entrelaçando os dedos nos dela.

"Com que estás tão preocupada?" Ele perguntou baixinho.

"Em reviver o passado," respondeu ela. "Não posso dar-me ao luxo de ter outro bebé."

Oh, querida, não. Ele apertou a mão dela. "Bay, tu disseste-me o que querias e eu respeito isso. Não te vou forçar, prometo. Além disso, achas mesmo, que se fosses a mãe do *meu* filho, que eu te deixaria lutar sozinha, sem mim? De jeito nenhum. Não concordo com o quanto lutas."

Uma lágrima escapou e ela rapidamente a enxugou.

Eles dirigiram pelo Whataburger e compraram alguns palitos de frango para Dylan, bem como hambúrgueres para os dois adultos.

"Sem molho, por favor," Baylee inclinou-se sobre Chase para dizer no altifalante. "Desculpa. Ele não vai comer e suja tudo."

"Não estou a reclamar," ele disse, passando os dedos ao longo da sua coluna. Ela guinchou e saltou de pé, quase arrancando-lhe o nariz durante o processo.

"Calma, miúda," ele disse, rindo. Ele viu que Baylee havia recuperado o sorriso.

Chase comeu com uma mão enquanto navegava pelas ruas de Dallas, congestionadas com o tráfego da hora do almoço. Baylee mordiscou a sua sanduíche com pequenas mordidas femininas. Ele teve um pensamento repentino e não intencional de como aquela boquinha pareceria a mordiscá-lo. Ele engoliu em seco e concentrou-se na mini-vã verde suja à frente deles, que vagava lentamente de uma pista para a outra.

Chegaram ao zoológico assim que acabaram de comer. Baylee juntou todas as embalagens num saco e jogou numa lata de lixo ao lado do portão. Chase examinou a entrada. Letras pretas a negrito num enorme bloco cor de laranja de uma placa pendurada sobre a entrada, claramente um retrocesso a uma época passada. Chase balançou a cabeça. *Parece um pouco desatualizado.* O interior, no entanto, era do que há de mais moderno. Dylan olhava boquiaberto para a estonteante variedade de criaturas exóticas em exibição. Baylee teve que segurá-lo com força para impedi-lo de entrar na gaiola de um casuar que era pelo menos uma cabeça mais alto do que ele. Rindo, ela o colocou de pé.

"Dylan, é preciso pôr-te num carrinho?" Ela exigiu saber.

Ele esticou o lábio. "Os carrinhos são para bebés."

"Então, mantém os pés no chão. Prometes?"

Ele assentiu. Ela estendeu a mão. "Nuh-uh," disse ele, correndo para Chase e agarrando-o. "Os homens ficam juntos."

Chase sentiu um largo sorriso espalhar-se no seu rosto. Aquela mãozinha na dele parecia natural. "Quanto a isso já não sei," disse ele ao menino. "Andar de mãos dadas com uma miúda é muito bom." Ele encontrou os olhos de Baylee e ergueu uma sobrancelha em convite. Ela deslizou os dedos pelos dele. Juntos, eles passearam, admirando os gorilas e macacos saguis, elefantes e jiboias. Por fim, chegaram ao recinto do tigre e Dylan pressionou o rosto contra o vidro grosso da cabana de observação.

"Dy..." Baylee começou por dizer, mas Chase interrompeu-a.

"Deixe-o ver," Chase pediu. "O tigre não pode passar."

"Eu sei," disse ela, "mas vê como está sujo."

"Alguns germes não lhe farão mal. Dá ao seu sistema imunológico algo para fazer."

Baylee olhou para ele. "Estás a dizer que estou a mimá-lo?" Ela perguntou numa voz aguda.

Ele abanou a cabeça. "Esse é o trabalho de uma mãe, mas ele precisa de um homem na sua vida para fornecer o ponto de vista oposto."

Ela afastou-se dele, aproximando-se do recinto do tigre. A sua coluna endureceu e os seus passos lentos e deliberados pareciam irradiar tensão.

O grande gato reclinou-se contra o vidro, a ponta da cauda se contorcendo. Além, uma variedade colorida de folhagem esmeralda ondulava ao vento com cheiro de zoológico.

Dylan torceu o nariz. "Mamã, isto fede. Que cheiro é este? É cocó de tigre?"

"Acho que sim," respondeu Baylee.

O menino deu uma gargalhada. "Cocó de tigre. Cocó de elefante. Cocó de rinoceronte. Cocó de macaco."

"Já chega de conversa fiada, filho," disse ela suavemente.

Chase aproximou-se dela por trás e colocou a mão num ombro. "Disse alguma coisa de mal?"

Ela encostou a bochecha na mão dele. "Não. Acabaste de bater na minha insegurança. Pergunto-me se serei capaz de fazer um bom trabalho com ele sozinha. Quer dizer, ele agora é um bebé, mas já vejo sinais de que ele tem falta de ter um pai."

"Tens a certeza de que o pai verdadeiro dele nunca mais aparecerá em cena?" Chase perguntou. *Talvez seja por isso que ela fica apreensiva.* O seu estômago embrulhou. *A Baylee ainda ama o pai do Dylan? Porque não consigo encontrar uma mulher que não seja tão conflituosa?* "Estás a pensar há muito tempo."

"Estou a tentar descobrir como dizer isto direito. Se o pai do Dylan sair da prisão e mudar de vida, eu consideraria uma visita. Quanto a mim, bem, nunca poderia confiar nele novamente. Não há futuro ali."

Um pequeno sopro escapou. "Então, estás completamente livre e o teu filho precisa de um pai."

Ela virou-se, olhando-o nos olhos. "Estás a voluntariar-te?" Então os seus lábios se fecharam como se quisesse segurar a pergunta. Tarde demais. Aqueles olhos castanhos profundos ficaram preocupados.

Chase tocou com os lábios na testa dela. "Eu poderia fazer isso," disse ele.

Baylee pestanejou. Os seus lábios se separaram num pequeno O *irresistível*. Embora ele não tivesse provado que poderia resistir à atração da boca da sereia. Nem sequer tentou. Ele beijou aquela cara assustada até que ela se derreteu em boa disposição. *Devo provar um pouco? Não, é um lugar público. Mais tarde. Mais tarde, vou beijar esta miúda até ela ficar sem fôlego.*

Ele ergueu a cabeça. Sem dizer uma palavra, passou o braço pela cintura dela. Quando Dylan finalmente terminou de olhar boquiaberto para o tigre, ele agarrou na mão livre de Chase e juntos caminharam ao longo do caminho que serpenteava pelo zoológico.

"Tia Shelby!" Dylan gritou enquanto abria a porta e corria para o interior da casa da sua madrinha. "Vimos um tigre! Um tigre verdadeiro!"

"Diverti-me, Chase," Baylee disse, olhando através dos seus cílios para o seu pretendente inesperado. Eles ficaram lado a lado no degrau da frente, entre dois arbustos de azevinho.

"Ainda bem. Também me diverti," respondeu ele. "Então, achas que podemos fazer este tipo de coisas mais um pouco?"

"Como o quê?" Ela fez-se de tímida. "Ir aos zoológicos?"

Ele riu. "Sair com alguém, tolinha."

"Com o Dylan?" Ela perguntou, séria desta vez.

"Às vezes," ele respondeu, tão sério. "Eu sei o quão importante é para o nosso relacionamento que o Dylan e eu nos demos bem. Porém, também quero passar tempo a sós contigo."

"Hã?" Ela brincou. "Porquê?"

Os olhos verdes de Chase queimaram com intensidade

esmeralda. "Tu sabes porquê," disse ele, puxando-a para perto e dando um beijo molhado na sua boca.

"Chase?" Ela murmurou contra os seus lábios.

"Hummmm?"

"Gosto disto."

Os seus braços a envolveram, puxando-a contra o seu peito. A sensação do seu peito quente e musculoso, os seus braços poderosos e os seus lábios firmes e levemente húmidos comprimindo os dela combinaram para fazê-la sentir-se segura como ela já mal se lembrava. Ela entrelaçou os dedos na parte de trás do cabelo dele, desalojando o Stetson dele e atirando-o para os arbustos. Chase nem sequer reagiu à sua perda. Ele agarrou Baylee com força, o seu beijo tenro tornando-se quente e possessivo. Naquele abraço vigoroso, um novo calor surgiu em Baylee, um de que ela se lembrava, mas mal. Um que a fez questionar a sua resolução. Um gemido escapou dos seus lábios.

Ele ergueu a cabeça. "Esse pequeno som foi para mim?" Perguntou ele.

Ela acenou com a cabeça, mordendo o lábio.

"Então, vais voltar a sair comigo?"

"Sim, Chase. Não sei como, mas vou dar um jeito."

"Por favor, faz isso," respondeu ele. Ele lambeu os lábios dela mais uma vez antes de tirar o seu Stetson do azevinho. Depois, com um clássico estilo de cowboy de aba, voltou para o seu Silverado.

Baylee acenou enquanto se afastava e então passou a soleira. Dentro de uma sala de estar formal da cor de rosas-amarelas, ela encostou-se à parede sob um retrato formal da família e esperou que o seu coração parasse de bater. Shelby aproximou-se do corredor, Dylan empoleirado no seu quadril gordo. O menino havia colocado a cabeça no seu ombro. O seu cabelo dourado desapareceu na sua massa de cachos.

O coração de Baylee apertou com a visão, mas ela interpretou isso como uma piada. "Não podes ficar com o meu filho, Shel. Se quiseres outro, pede ao teu marido para te dar um."

"Eu sei, Bay. Talvez faça exatamente isso. Sinto falta de ter um pequenino e, se esperar muito mais, será tarde demais. Ele é um fofo e está exausto." Shelby deu uma palmadinha nas costas de Dylan. "Ele divertiu-se no zoológico?"

"Ele *adorou,*" respondeu Baylee.

"E tu, querida? Divertiste-te? Se esses lábios feridos são alguma indicação, divertiste-te imenso."

As pontas dos dedos de Baylee foram inconscientemente para os seus lábios. *Pareço ter sido beijada? Devo importar-me?* "Sim."

"Então, o Chase é bom rapaz, como eu disse?" Shelby pressionou. Dylan deixou escapar um pequeno ronco no seu ouvido.

"Sim, parece ser. No entanto, foi o nosso primeiro encontro e eu ainda mal o conheço." Mas o seu corpo e coração queriam confiar nele. *Emoções traiçoeiras. Não é bom confiar. Não sigas o teu coração. Segue a tua cabeça ou vais acabar por queimar-te.*

"Sugiro que o conheças, Bay."

"É isso que pretendo," respondeu Baylee. "Em breve. Mas é difícil. Tenho que trabalhar. Não tenho escolha."

"Eu sei, querida. Eu entendo. Mas não te esqueças de viver."

Os olhos de Baylee começaram a arder. Ela pestanejou furiosamente, determinada a não agir como um bebé. "Obrigado, Shel."

"De nada. Querida, é tarde. Querem cá ficar esta noite?" Shelby ofereceu.

"E o Shane?" Baylee queria saber.

"Ele está a trabalhar. Podemos lidar com o velho rabugento pela manhã."

Baylee tentou dizer não. Tentou mesmo. Mas o que saiu foi: "Ok."

"As minhas mãos estão ocupadas," Shelby disse com um sorriso indulgente, "por isso terás que puxar o sofá sozinha. Vamos."

Baylee seguiu a sua amiga pela sala rosa-amarela, por um

corredor de carpete com mais fotos da família agrupadas em ambas as paredes e na confortável sala de Shelby e Shane, onde puxou almofadas castanhas do sofá, salpicadas com uma boa quantidade de gelado. Afastou alguns Cheerios perdidos e desdobrou um mecanismo de cama simples com um colchão fino em cima. Um conjunto de lençóis antigos num padrão de flores roxas aguardava o próximo hóspede para pernoitar. *Vou dormir como uma rainha esta noite,* ela pensou, desejando poder ser irónica sobre isso.

CAPÍTULO 7

Dois meses depois, Chase sentiu-se como se o sol tivesse aparecido na sua vida. Embora o horário de trabalho de Baylee parecesse consumir tudo e fosse incompreensível, eles encontraram tempo para sair em quatro encontros, dois sem Dylan, todos durante o dia. Também falavam ao telefone duas vezes por semana. As conversas permaneceram superficiais na maior parte, revelando uma sugestão de águas mais profundas a serem exploradas em algum momento posterior, mas sem aprofundar nelas. Ele não forçou. De momento, Chase estava contente em deleitar-se com o som da voz da sua senhora, o cheiro do seu cabelo e o brilho nos seus olhos.

Também continuou a frequentar os serviços religiosos todas as quartas-feiras à noite. Conseguia lembrar-se dos sermões que quando era criança pareciam enfadonhos, mas agora conseguia concentrar-se no que o pastor dizia e já não se sentia assim. Trabalhavam numa série de sermões sobre a vida familiar. Analisar Baylee e Dylan sentados ao lado dele parecia certo de uma forma que ele não conseguia entender. Ele não fazia ideia do porquê de querer confiar em Baylee. Depois de tudo o que acontecera, não fazia sentido, mas ele sabia, de alguma forma, que ela era digna disso. Cada vez que falavam, essa impressão se fortalecia. *Apesar da sua aparência frágil, esta é uma mulher de caráter.*

Esta noite, o tópico específico foi sobre abandonar os erros do passado e seguir com a vida. Ouvindo com o braço em volta dos ombros de Baylee, ele foi capaz de sentir esperança no seu futuro de uma forma que nunca experimentara antes, desde o divórcio. *Não, antes disso. Desde que Candace disse que não queria ter filhos.*

A Baylee quer mais filhos? Ela estaria disposta, algum dia, se tudo isto desse certo? Ele abraçou-a um pouco mais perto com esse pensamento.

Agora, quando ele puxou o carro para a rampa da via-expresso e fundiu-se cuidadosamente no tráfego de fluxo rápido, ele não conseguia dissipar a sensação dela. A sua camisa cheirava a ela. *Quanto tempo se passou desde que cheirei a um abraço?*

Ele conduzia meio atordoado, buzinando distraidamente para um SUV preto que mudara de faixa abruptamente, perto demais do seu para-choques. *Eu deveria ligar para a Shelby, agradecer-lhe por convidar-me para ir à igreja. Aposto que ela fez isso apenas por esse motivo... para que eu pudesse ver a Baylee novamente.*

Ele agarrou no volante com uma das mãos e com a outra enfiou a mão nos bolsos das suas Wranglers, em busca do telefone. *Onde está a coisa estúpida? Geralmente fica na parte de trás, oposta à minha carteira.* Ele podia sentir a carteira, um caroço incomodativo sob a nádega esquerda, mas o bolso direito de trás parecia visivelmente vazio.

"Caiu?" Ele perguntou-se em voz alta. Calças de ganga novas, como as que ele estava a usar, ficavam um pouco mais apertadas do que os pares bem-feitos que ele normalmente usava para trabalhar. *Talvez quando me sentei no banco, o telefone se apertou e ainda está lá.*

Resmungando baixinho, Chase teceu entre os carros e saiu para a estrada de serviço, fazendo a primeira curva de volta para a igreja. *Estás a perder o teu tempo, a voz da razão importunou.* "Mas a Bay ainda pode estar a trabalhar. Ela pode deixar-me entrar." *Se ela abre a porta a esta hora da noite, ela é uma idiota. Vai para casa. Recuperas o telefone pela manhã.* Apesar da vozinha irritante na sua cabeça, o corpo de Chase recusou-se a virar o carro. Ele chegou ao estacionamento e parou numa vaga perto da porta. A escuridão envolveu o interior.

Não está ninguém, vês? Vai para casa. Mas de qualquer maneira ele saiu da carrinha e atravessou o estacionamento rapidamente para puxar a maçaneta. Para seu espanto, a porta abriu-se facilmente. Havia apenas um pequeno corredor para atravessar no escuro e ele foi capaz de não esbarrar em nada. Abrindo uma das grandes portas duplas do santuário, ele tateou ao longo da parede e encontrou um interruptor deslizante escondido no papel de parede texturizado. Ergueu-o apenas o suficiente para iluminar a sala com segurança. *Não vale a pena bater com as canelas num banco.* Chase fez o seu caminho lento até aos assentos que dividiu com Baylee e o seu filho. Alcançou o braço de madeira, tateando a costura entre o assento e as almofadas das costas e saltou para trás. A sua mão havia entrado em contacto com algo quente e macio.

Um som baixo emergiu do banco e uma cabeça escura apareceu sobre o assento.

Chase olhou consternado. "Baylee?"

Ela pestanejou. "Chase? Oh, meu Deus." As suas mãos subiram para cobrir o rosto.

Ele rapidamente circulou até à parte da frente do banco. Baylee sentou-se. Ele viu que ela usava apenas um par de calças esfarrapadas e um top. Ele juntou-se a ela no assento. Virando-se e colocando um joelho na almofada, ele pegou na mão dela. "Baylee, o que fazes aqui?" Ele perguntou com uma voz suave e calma, mas interiormente, a sua alma implorava para que ela não dissesse a resposta óbvia.

Ela olhou para o seu colo, onde as suas mãos unidas repousavam. "Tu sabes," ela disse suavemente.

"Porquê?" Ele perguntou, o coração a bater mais forte. Os seus lábios formigantes ficaram frios.

"É uma longa história," foi a sua tentativa de prevaricação.

"Então, vá," respondeu ele. "Quero que me digas *agora,* Baylee. Espera, onde está o Dylan?"

Ela indicou o banco à frente dela. Ele espiou por cima do encosto do banco e, com certeza, o rapazinho dormia com a cabeça apoiada num daqueles bichinhos de pelúcia que se desdobravam numa almofada, o polegar enfiado na boca.

"Ok, Bay. Desembucha. Porque vives numa igreja? Tu tens dois empregos. Como podes ser uma sem-abrigo?"

A palavra direta teve um impacto instantâneo em Baylee. O seu rosto se enrugou enquanto ela tentava não chorar, mas as lágrimas escaparam de qualquer maneira. Ele segurou o seu queixo com as duas mãos e enxugou o seu rosto com os polegares. "Vá lá, querida. Conta-me o que aconteceu."

Ela fechou os olhos com força. "Espero que não vás a lugar nenhum pela manhã. Podemos ficar nisto por um bom tempo. Para que tudo faça sentido, tenho que retroceder. Todo o caminho até ao pai do Dylan. Isso vai ser estranho. Estás disposto a isso?"

"Neste ponto, Bay, acho que preciso saber."

"Espero que ainda estejas interessado em mim quando eu terminar. Ousei ter esperança…" ela parou.

Deus, não me mate já aqui, ele pensou e beijou os seus lábios suavemente. Ela abriu os olhos. As lágrimas ainda brilhavam nas profundezas cor de chocolate. "Duvido que haja algo que possas dizer-me neste momento que me faça afastar-me."

Um canto da sua boca se ergueu na paródia de um sorriso. Isso deixou os seus olhos tristes, mas criou uma covinha na sua bochecha. Ele também a beijou lá. "Vá lá, querida. É melhor acabar com isto."

"Ok." Ela respirou fundo e a sua mão apertou a dele. "Eu era filha de um pastor, julgo que te disse. Fiz tudo certo quando era jovem. FCA, estudo da Bíblia, tudo. Até me matriculei numa faculdade cristã. Passei três anos muito bem. A vida era tão fácil naquela época. Tinha bolsa de estudos, morava em casa para economizar dinheiro, trabalhava um pouco na secretaria do coro, saía em datas ímpares. Depois o meu mundo desmoronou. O meu pai anunciou que estava a deixar o ministério porque..." ela engasgou-se. "Porque se apaixonou por outra mulher e queria casar-se com ela. Ele deixou a minha mãe e a mim por esta... pessoa."

"Bay, o que..."

"Shh, Chase." Ela colocou os dedos nos lábios dele. Ele assentiu. Ela continuou: "Eu ainda estava bem por um tempo. Eu e a minha mãe estávamos bem, só nós duas. Cerca de seis meses depois..." Desta vez, a voz de Baylee realmente quebrou. Ela começou a soluçar.

Chase puxou-a para perto e embalou-a contra o seu peito. Ela cravou as pontas dos dedos nos seus ombros. Ele acariciou as suas costas, sentindo cada costela, cada saliência da sua espinha. *Ela é tão magra. Como é que não percebi?* "O que aconteceu, Baylee?" Ele perguntou, os seus lábios tocando a sua orelha.

"A minha mãe morreu. Ninguém sabia que ela tinha um aneurisma da aorta. Voltei das aulas e ela disse que não se sentia bem. Pediu-me para levá-la às urgências. Nem sequer consegui tirá-la da cama para o carro. Ela caiu no chão. Já estava morta antes da chegada dos paramédicos." Ela seguiu esta declaração com outro ataque prolongado de choro. Eventualmente, os soluços sufocados de Baylee diminuíram para choramingos e ela foi capaz de falar novamente. "Nessa altura, senti-me como se tivesse sido abandonada pelo mundo inteiro. O meu pai não me queria. Estava ocupado com a sua nova família. Ele disse-me que eu era adulta e que precisava aprender a fazer o meu próprio caminho. Tive que vender a casa porque não podia pagar a hipoteca. Não sobrou muito do que foi pago, então pedi um empréstimo e mudei-me para o dormitório. E então comecei a rebelar-me contra tudo o que me ensinaram durante toda a minha vida. Senti-me como se... se Deus pudesse levar a minha mãe exatamente quando eu mais precisava dela e o meu pai pudesse entregar toda a sua vida por um caso de adultério, então eu podia fazer praticamente o que quisesse. Comecei a beber muito, as minhas notas baixaram e então... e então conheci o Blake."

"As raparigas que procuram rebelar-se geralmente têm mais facilidade em encontrar um rapaz que as ajude," disse Chase.

Baylee reconheceu com um breve aceno de cabeça. "É exatamente isso. Fui tão ingénua. O Blake era o rebelde perfeito. Um miúdo rico. De fundo fiduciário. Proveniente de uma família influente. Imaginei-nos um dia a estabelecer uma vida confortável e a aproveitar as memórias da nossa juventude selvagem."

"Então, o que deu errado?" Ele sondou.

Baylee balançou um pouco a cabeça. "Foi tão estúpido da minha parte não notar como todos os seus amigos usavam bandanas na cabeça e camisas xadrez desabotoadas, sempre das mesmas cores. Não sei como não percebi que eles eram um gangue." Ela fungou. Juro que não sabia..."

Ele colocou-lhe uma mecha de cabelo atrás da orelha. "Eu acredito em ti. Entendo. Às vezes, é difícil conhecer as pessoas." Um pedaço amargo de cansaço apareceu no seu tom, fazendo Baylee baixar as sobrancelhas. Ele acariciou a sua bochecha e ela continuou.

"Eu também não sabia que todos eles, mesmo o Blake, usavam drogas. Quer dizer, ok, vou ser honesta. Eu sabia que ele fumava maconha e que bebia muito. Mas não fazia ideia de que todos gostavam de coisas mais pesadas. E de vender, não só usar. Só descobri quando..." ela engoliu em seco. "Quando a universidade foi atrás dele. Na verdade, não tenho a certeza porque é que ele ia lá para a escola. Mas, independentemente disso, ele deve ter ouvido que iriam revistar o seu quarto, porque a próxima coisa que eu soube foi que estava a ser chamada ao escritório do Reitor. A polícia estava lá. A segurança do campus. Disseram-me que tinham encontrado maconha no meu dormitório, toda embalada em pequenas porções e pronta para ser vendida. Eu fui levada para a prisão. Chase, aquilo era tão assustador." Ela estremeceu.

Ele assentiu com a cabeça.

"E para piorar as coisas, acabara de descobrir que estava grávida. Fiquei apavorada."

"E o que fizeste?"

"Rezei," ela respondeu simplesmente. "Rezei como nunca fiz antes. Implorei a Deus que me ajudasse. Jurei que se ele me mantivesse fora da prisão, me ajudasse a ficar com o meu bebé, que não voltaria a fazer sexo até me casar, que iria parar de beber, endireitar-me e agir corretamente. Aí fui à polícia, sem advogado, sem nada e contei a verdade. Que não sabia como é que as drogas entraram no meu quarto. Nem sabia que o Blake pretendia distribuí-las. Apenas deixei o meu medo e confusão aparecerem e não aguentei nada. Deve ter funcionado porque a polícia retirou as acusações contra mim em troca de eu testemunhar contra o Blake. Eu concordei, mas no fim não foi necessário. Ele declarou-se culpado e foi enviado para a prisão. Mas como também identifiquei vários membros do gangue, a polícia achou melhor eu sair da cidade. Fora expulsa da universidade de qualquer maneira, então vim para cá, consegui o emprego na livraria e depois o de guardiã da igreja e faço o meu melhor desde então."

"Quatro anos?"

Ela inclinou o queixo para baixo. "Era o que eu esperava e não era menos do que merecia por ser tão estúpida. Mas sou abençoada, sabes?"

Chase ergueu uma sobrancelha. "Como assim?"

"Tenho um trabalho de que gosto, embora não tenha tido a oportunidade de terminar o meu curso. Fiquei com o meu filho. Aguentei-me. Até fiz bons amigos como a Shelby. Poderia ter sido muito pior."

"E se estivesses a viver num apartamento pequeno e agradável," Chase disse, "eu concordaria contigo. Mas não estás. Dormes num banco de igreja. O que deu errado, Baylee?"

Ela olhou para baixo. "Estraguei tudo. Voltei a Corpus na primavera passada. É de onde sou. De qualquer forma, eu... um velho amigo casava-se e eu queria estar lá para isso. Então, fui. Esperava ficar com o meu pai, mas ele ainda não quis falar comigo. Acho que se esqueceu que existo. De qualquer forma, acabei por ir ao supermercado com o Dylan e... encontrámos... os pais do Blake. Estive com eles algumas vezes. Eles não já não iam com a minha cara. E depois coloquei o filho deles na prisão. Eles olharam para o Dylan e *perceberam*. Uma semana depois, recebi uma carta a solicitar que entregasse voluntariamente a custódia do meu filho para eles. Foi escrito por um advogado. Ele sugeriu que se eu desistisse do Dylan voluntariamente, eles conceder-me-iam direitos de visitação, mas que se não, bem, eles são os Rockwells. Podem contratar os melhores advogados. Também podem oferecer um estilo de vida com o qual nunca serei capaz de competir. Mas não quero saber. O dinheiro não é tudo. Eu amo o Dylan e nunca o vou deixar. Sem mencionar que, bem, o Blake não ficou muito bem."

Os seus enormes olhos castanhos imploraram por compreensão.

"Baylee, eu nunca sugeriria que desistisses do teu filho. Isso é ridículo. A questão não é se deves ceder, mas como evitá-lo."

"É o que tento fazer. Contratei o meu próprio advogado. Mas ganho demasiado para me qualificar para receber assistência pro bono. Eles consideraram o meu trabalho de custódia como parte da minha renda. E depois... bem, atrasei-me na renda do meu apartamento. Não quero perder o Dylan. Mas não há muito dinheiro disponível. Fomos despejados."

"Há quanto tempo?"

"Cerca de três meses."

Chase fechou os olhos. Três meses. Doze semanas. Eles são sem-abrigos há um quarto de ano.

"Por favor, Chase. Não tenhas pena de mim. Sou abençoada."

Chase perdeu a calma. "Como assim, abençoada?" Ele vociferou. "Vives numa igreja. És sem-abrigo e estás tão magra. Tens o suficiente para comer?"

"Às vezes. Certifico-me de que o Dylan tem o suficiente."

"Estou certo disso. E quanto aos cupões de comida?"

"É engraçado," respondeu ela. "Precisas de um endereço. Isto não é uma residência, por isso..."

"Então, como és abençoada exatamente?"

Ela sorriu tristemente. "Eu tenho um teto sobre a minha cabeça, comida para comer e o meu filho está comigo. O que mais posso pedir?"

"Muito mais," Chase disse. "Tu não és abençoada. Isto é um pesadelo, Baylee. Nem consigo imaginar como consegues lidar com isto no dia a dia."

"Eu não tenho escolha, Chase. Pelo menos não estamos na rua."

"É como se estivesses. O pastor sabe que dormes aqui?"

Ela abanou a cabeça.

"Anda. Acorda o Dylan. Vamos embora," ele insistiu.

"Para onde?"

"Para a minha casa."

Os olhos dela se arregalaram. "Não posso fazer isso!"

"Achas mesmo que te estou a dar uma escolha?" Ele passou-se. "Não vos posso deixar aqui."

"Chase!"

"Shh." Ele tocou nos seus lábios em imitação do seu gesto anterior. "Bay, já não precisas fingir que estás feliz. Não tens de o esconder. Deixa-me ajudar-te."

"Eu sou forte," ela disse teimosamente.

"Eu sei, querida," disse ele. "És tão forte que me surpreende, mas ninguém deveria viver assim. E tu também não. Anda lá, Bay. Deixa-me levar-te para casa."

"Eu não vou dormir contigo," disse ela entre dentes, lágrimas escorrendo do canto dos olhos.

"Não te estou a pedir isso. Eu tenho um quarto de hóspedes.

Tu e o Dylan podem dormir lá. Assim que estiverem instalados, descobriremos o que fazer a seguir, ok?"

"Porquê, Chase?" Ela perguntou, a sua voz áspera com soluços ininterruptos.

"Porquê, o quê?"

"Porque nunca desistes? Porque continuas a ser tão perfeito?" Ela escondeu o rosto nas mãos.

"Eu não sou perfeito, Bay." Ele puxou-a para cima, para o seu colo. "Eu preocupo-me contigo. Vá lá. Vamos."

Ele não sabia porquê, mas de alguma forma o seu toque sempre parecia derreter a resistência dela. Desta vez não foi diferente. Ele sentiu a tensão deixar os seus ombros, a sua coluna, os seus braços, até que ela ficou inerte contra ele.

Ele colocou-a de pé, segurando-a com um braço em volta da sua cintura e com o outro ele alcançou o banco e pegou Dylan nos seus braços. O menino afundou a cabeça no ombro de Chase e, após uma série de roncos de bebé a fungar, voltou a sentar-se. Baylee pegou no travesseiro do menino e numa mochila que estava perto de onde os seus pés estiveram. Para ela, ela tinha apenas uma bolsa bastante grande.

"Isso é tudo?" Perguntou ele.

"Não, mas é tudo o que preciso por agora," explicou ela, "tenho algumas roupas no armário do zelador, mas depois eu volto. Não preciso delas imediatamente." Ele notou como a sua voz soava arrastada, como se ela estivesse bêbada. *Ela deve estar exausta.*

Carregando Dylan num braço e segurando Baylee em pé com o outro, ele conduziu os seus protegidos para a carrinha. Chase empurrou-a para o banco de trás e passou o seu filho para o lado dela. Baylee prendeu o cinto de segurança em torno de Dylan. Ela aninhou-se ao lado dele e fechou os olhos. Quando Chase subiu para o assento, ouviu uma respiração suave que sugeria que ela já adormecera.

O relógio no painel marcava as 9:45, mas Chase fora condicionado para noites muito mais tarde do que aquela e não se sentia nem um pouco sonolento. Parando no lugar reservado em frente à porta da sua casa, ele cuidadosamente tirou a criança adormecida do banco de trás e carregou-a escada acima, grato pelo tapete que abafava o barulho das suas botas nos degraus e para o quarto de hóspedes, onde deslizou o menino entre os lençóis antes de voltar para buscar Baylee.

Quando os seus convidados inesperados e os seus equipamentos foram guardados em segurança no quarto de hóspedes, Chase tirou uma garrafa de cerveja do frigorífico e afundou no sofá. *Quem poderia imaginar que assistir a um serviço religioso acabaria sendo um evento tão importante?*

CAPÍTULO 8

Baylee acordou com a luz do sol a entrar por uma janela, atingindo as suas pálpebras fechadas. *Oh Deus. Se já estiver claro assim, terei de sair a correr antes que cheguem os funcionários da creche ou, Deus me livre, o pastor.* Os seus olhos se abriram. A clara luz branca não fora colorida ao passar pelos vitrais. Ela olhou diretamente para uma janela ensolarada com persianas de madeira abertas. Sob o seu ombro não estava a almofada fina e grossa do banco. Em vez disso, o seu corpo descansou confortavelmente num colchão coberto por um lençol bom e macio em cor de chocolate de leite. Um edredão fofo em tons de castanho, azul e creme cobria o seu corpo. Dylan roncava contente ao lado dela. Lágrimas arderam nos seus olhos e ela pestanejou a tentar afastá-las. *Não vou chorar mais.* Mas sentiu-se tentada, já que fazia tanto tempo que ela não dormia numa cama.

"Agora o que vou fazer?" Ela questionou-se em voz alta. Chase não iria deixá-la voltar para a sua trapalhada anterior. *E tu não queres que ele o faça. Tu queres que ele arranje uma solução.* "Bem, porque não?" Ela questionou-se em voz alta. "Não tive qualquer sucesso."

Ela içou-se para fora da cama e espreguiçou-se antes de sair para o corredor. Parecia que os dois quartos da casa geminada estavam localizados ao lado de uma espécie de área de sala de um quarto familiar. Uma parede da altura da cintura se abria numa grande sala de dois andares abaixo. Neste andar, dois sofás fofos de camurça falsa castanha formavam um ângulo reto entre si, um de frente para uma grande janela, também coberta com persianas de madeira. Uma pequena mesa entre os sofás continha um abajur preto simples com uma cortina branca, com uma coleção de chávenas de café sujas e garrafas de cerveja vazias. Um prato com algumas migalhas completava o visual. Ela sorriu. *Esta é claramente a casa do Chase.*

Ela juntou os itens e carregou-os escada abaixo, encontrando, como esperado, uma sala de estar. Esta era mais formalmente mobilada do que a outra, a área de estar decorada com bom gosto em couro. O seu sorriso alargou-se mais ainda ao ver um par de botas de cowboy sujas contrastando com o espaço chique.

Do lado esquerdo da escada, em frente à porta, uma península com uma bancada em granito dividia o espaço aberto de uma cozinha. Embora bastante estreita, a sala era longa, com bastante espaço de armazenamento e preparação. Chase estava parado no canto entre a pia e o frigorífico, olhando melancolicamente para uma cafeteira cromada da qual o vapor saía em jorros violentos. A fragrância do café perfumava o ar.

"Bom dia," ela disse. Ele virou-se e ela viu sombras escuras sob os seus olhos verdes. "Não dormiste bem?"

"Nem por isso," respondeu ele. "Tinha muito em que pensar. Queres um pouco deste café?"

"Sim, por favor," respondeu ela. Ela colocou os pratos e copos na pia e localizou um caixote do lixo no canto perto da porta dos fundos. As garrafas tilintaram quando ela as colocou lá dentro.

"Desculpa," disse ele, embora não parecesse particularmente envergonhado.

"Não te preocupes," respondeu ela. "Não estavas à espera de ter companhia. Em que estiveste a pensar tanto?" Ela aproximou-se dele e tocou a pele entre as suas sobrancelhas, onde uma noite de pensamentos profundos deixou um pequeno 11 franzido. Ela ficou na ponta dos pés e pressionou os lábios no local, mas esquivou-se antes que ele pudesse agarrá-la. *Nada de beijos com este hálito matinal.*

Sorrindo ironicamente, ele tirou uma chávena limpa do armário e encheu-a com café, entregando-lha silenciosamente antes de servir a sua.

"Então," ela disse após tomar um gole profundo. "A tua longa noite de pensamento trouxe alguma ideia nova? Se sim, adoraria ouvir uma."

Ele abanou a cabeça. "Ainda não, exceto para dizer que podes ficar comigo o tempo que precisares. Não te quero na rua, Baylee e isso inclui a igreja."

"Eu sei," respondeu ela. "És um verdadeiro santo por oferecer. Tens que deixar-me ajudar com o aluguel."

Ele olhou para ela, considerando. O 11 mudou para 1 quando uma sobrancelha se ergueu e a outra franziu. Ele parecia adoravelmente perplexo, ela teve que esconder uma gargalhada nervosa. *Inapropriado, Baylee.*

Ela instruiu o rosto para uma expressão de calma teimosa.

"Ok," ele disse finalmente. "Renda nominal com ajuda de limpeza. Parece-te bem?"

Ela sorriu e baixou o queixo num breve aceno de cabeça.

"Sabes cozinhar?" Ele perguntou numa expressão esperançosa.

"Ah, sim," respondeu ela, "se tiver ingredientes. Há meses que vivemos de pacotes e caixas de papelão e estou farta disso."

Chase balançou as sobrancelhas. "Não tinha uma refeição caseira desde a última vez que visitei os meus pais. Caramba! Mal posso esperar."

"Bem, terás de esperar," ela lembrou-o. "Tenho que levar o Dylan para a creche e depois ir para a livraria. E depois disso, trabalho na igreja. Vai demorar alguns dias até que eu tenha uma noite de folga."

"Trabalhas demais," ele comentou preguiçosamente. "Sabes, podias reduzir um pouco o teu horário."

Ela abanou a cabeça. "Já aproveito bastante." Então, para provar o seu ponto de vista, ela localizou a máquina de lavar loiça, entre a pia e o fogão, e começou a colocar os pratos lá.

"Mamã!" Uma voz alta, estridente de pânico, reverberou pela casa. "Mamã, onde estás?"

"Merda!" Ela amaldiçoou-se. *Como pudeste esquecer-te do Dylan?* "Estou aqui, querido. Já vou." Ela voltou-se para Chase. "Não posso agradecer-te o suficiente por tudo o que fizeste."

"Eu faria mais, Baylee. É só pedires," ele respondeu, o seu rosto sério.

Ela largou o café e jogou os braços em volta do pescoço dele. "És o meu herói!" Ela exclamou. Ela deu um beijo molhado nos lábios dele e subiu as escadas para resgatar o filho do seu ambiente desconhecido.

~

Naquela tarde, quando Baylee, com a mão a segurar a do filho com força, usou a chave extra que recebera para destrancar a porta da casa de Chase, ela viu-se incapaz de conter uma enxurrada de lágrimas de alívio. *Eis um abrigo, segurança, bondade. Um frigorífico cheio de ingredientes saudáveis prontos para serem montados num saboroso jantar. Uma cama para dormir. É perfeito demais.*

"O que foi, mamã?" Dylan perguntou com sensibilidade infantil.

"Nada." Ela limpou a humidade das suas bochechas.

"São lágrimas de felicidade?" Perguntou ele.

"Sim, querido," ela respondeu. "Anda. Vamos pôr-te a fazer alguns desenhos para que eu possa fazer o jantar."

Dylan desabou no sofá e mostrou o lábio.

"O que foi?" Ela perguntou.

"Eu quero brincar no parque."

Baylee considerou o pequeno parque infantil do outro lado da rua. "Claro. Depois do jantar."

Ele aceitou o redireccionamento com uma torção irónica dos seus lábios, mas quando a Poupas apareceu na tela plana gigante que Chase havia montado na parede da sala, ele esqueceu-se do seu argumento.

Baylee circulou a ilha e puxou uma frigideira antes de procurar pelo óleo, vegetais e alho. *Frango frito parece uma inauguração fantástica.*

~

A sexta-feira foi quase igual à quinta-feira. Sábado de manhã, por volta das nove, Baylee relaxou no sofá de couro, lendo um thriller político que retirou da estante atrás dela, quando Chase desceu as escadas.

"Bom dia, linda," disse ele.

Ela sorriu e observou com interesse descarado enquanto ele entrava na cozinha e se servia de uma chávena de café. Ele voltou rapidamente, sentando-se ao lado dela e deslizando um braço nas costas dela. Ele beijou a bochecha dela. Ela colocou o livro na mesa.

"Dormiste bem?" Ela perguntou timidamente.

"Muito bem," ele respondeu e então tomou um gole profundo. "Definitivamente, descanso melhor sabendo que estás segura." Ele deu-lhe um pequeno abraço. "E tu?"

"Muito bem," respondeu ela.

"Não trabalhas hoje?" Perguntou ele.

"Népia." Ela sorriu. "Essa é outra forma de ser abençoada. Como posso trabalhar dias, sou supervisora de turno durante o turno das nove às cinco, de segunda a sexta-feira."

Ele ergueu as sobrancelhas. "Isso *é* excecionalmente bom para o retalho. Como administraste isso?"

"Implorando," ela respondeu com toda a seriedade. "Mas não foi muito difícil para eles concordarem. Afinal, há muitos alunos do secundário e universitários que procuram trabalhar à noite e aos fins de semana."

Ele reconheceu a resposta dela levantando um pouco as sobrancelhas, a boca cheia de café quente. Então ele engoliu em seco e falou: "Sabes, eu gostaria de saber mais sobre esse teu horário de trabalho. Mesmo que já cá estejas há dois dias, a única razão de eu saber disso é a aparência de comida caseira no meu frigorífico. Que já agora, é sempre uma delícia."

"Obrigada," ela disse simplesmente.

"Vá lá, Bay. O que foi agora? Quer dizer, sou teu namorado e tu moras comigo. Gostaria que passássemos algum tempo juntos quando for possível, mas tenho de saber quando é que isso seria."

"Tu não és meu namorado," ela interrompeu.

"Calma, Baylee. Eu quero ser. E se fores honesta contigo mesma, tu também queres."

Ela concordou. *Isso, pelo menos, é verdade.*

"Então, se queres que eu seja, e eu quero ser, eu sou." Ele beijou a ponta do nariz dela. Ela não pôde deixar de sorrir. "É pedir muito saber quando não trabalhas?"

"Não," ela respondeu. "Não é. Bem, até agora, tenho trabalhado na igreja todas as noites."

"Precisa assim de tanta limpeza?" Perguntou ele.

Ela abanou a cabeça. "Claro que não. É o meu disfarce por estar lá. Se alguém aparecesse, eu poderia simplesmente pegar num rolo de papel e fingir estar ocupada."

"Mas já não precisas disso," respondeu ele.

"Pois não," ela concordou. "Na verdade, conversei com o pastor ontem à noite. O que faço basicamente é aspirar, esvaziar o lixo e limpar as casas de banho. Devo ser capaz de administrá-lo em três turnos; domingo à noite, quarta à noite e sábado. Esse seria o problema."

"Podes fazer isso ao fim da tarde, para que possamos passar o dia juntos?" Ele pediu.

Ela sorriu. "É exatamente isso que eu tinha em mente."

"Grandes mentes pensam igual, não é querida?"

"É," ela concordou, inclinando-se para um beijo prolongado com sabor de café. "Então, em que é que ficamos?" Ela perguntou sem fôlego, quando ele finalmente levantou a cabeça.

"Bem," Chase considerou. "Eu folgo segunda e quarta. Isso significa que teremos as manhãs de sábado e domingo juntos, bem como as noites de quarta-feira, exceto quando estiveres a limpar depois da missa. Eu poderia esperar por ti. Manter o Dylan entretido?"

"Ou talvez..." Baylee disse, considerando: "podias levá-lo para comer um gelado ou brincar no parque infantil até eu acabar. É apenas por cerca de uma hora."

Ele assentiu. "Parece-me bem." Então, como se fosse incapaz de resistir, ele reivindicou os seus lábios novamente.

Baylee segurou as suas bochechas e inclinou-se para o beijo. *É ótimo voltar a ter um namorado.*

Quando Chase finalmente a soltou, ele estava ofegante. Ele olhou para ela e tocou o seu lábio inferior com um dedo.

"Magoei-te?" Perguntou ele.

Ela abanou a cabeça. "Foi ótimo. Eu... Gosto que me beijes."

Um canto da sua boca se ergueu. "Ainda bem! Mas temos que ir com calma, agora mais do que nunca, se quiseres manter esse teu voto."

Baylee engoliu em seco. *Um beijo e já formigo de desejo, embora só sejamos um casal há alguns minutos.* "Acho que estamos com sérios problemas," ela disse suavemente.

~

Com problemas ou sem problemas, Baylee e Chase desfrutaram da companhia um do outro durante a manhã de sábado e separaram-se para os seus respetivos empregos com mais do que uma pequena pontada. Sentar-se juntos na igreja no domingo de manhã foi perfeito, assim como almoçar num pequeno café depois, tal como Baylee fizera com os seus pais durante a maior parte da sua vida. Eles desafiaram o destino ao partilharem uma sesta no domingo à tarde... no sofá. Mas, eventualmente, estava na hora de Chase ir para o clube. Baylee e Dylan foram ao culto de domingo à noite e depois limparam a igreja, como de costume. O que não era comum era voltarem para casa... CASA! Para uma casa confortável com uma cama macia. Enquanto ela esperava que o sono a reivindicasse, Baylee ofereceu fervorosas orações de agradecimento por colocar Chase no seu caminho.

~

No final da semana seguinte, Chase já não se conseguia lembrar de como era a vida antes de Baylee e Dylan virem morar consigo. Os três divertiram-se muito juntos. Quer fosse ajudando Baylee na cozinha enquanto Dylan assistia à Rua Sésamo ou os três a atravessar a rua para irem para o parque brincar, cada atividade tinha um novo brilho com os seus inesperados companheiros de casa. Baylee, tal como o seu filho, parecia de alguma forma ter superado a sua provação com a sua inocência de olhos arregalados e riso contagiante quase intacto. Os sulcos em torno da sua boca apareciam com menos frequência e a tristeza nos seus olhos era equilibrada com uma certa esperança tímida.

Não que eles tivessem muito tempo para ficar juntos. Entre os dois empregos dela e os seus turnos noturnos no clube, o seu tempo livre mútuo tinha que ser celebrado com beijos sorrateiros e abraços suaves.

Quanto a Baylee, quando não estava a trabalhar, adorava preparar refeições saborosas e nutritivas para o seu recém-descoberto benfeitor, arrumar o apartamento e, quando tudo o resto estava pronto, ligar para Shelby e jorrar nauseada sobre as esplêndidas qualidades do seu namorado.

"Querida, pára!" Shelby gritou, cortando ironicamente o fluxo da última exposição interminável de Baylee sobre todas as maravilhas que compunham Chase Milligan. "Dorme com o tipo ou apenas casa com ele, mas pára com isto! Eu não quero os pormenores até que tenhas alguns detalhes para compartilhar."

Baylee ficou quieta.

"O que foi, querida?"

"Nada," Baylee respondeu rapidamente, focando os seus olhos numa pequena pilha de carros de caixa de fósforos que Chase havia desenterrado de uma caixa de armazenamento no armário sob as escadas. Apesar das suas advertências, eles seriam danificados se ele deixasse Dylan brincar com eles, os dois ainda passavam horas de joelhos, conduzindo o pequeno Camaro, o Mustang e o carro dos bombeiros por todo o andar térreo. Ela engoliu em seco.

"Vá lá, Baylee," Shelby pediu num tom de aviso. "E não digas que não é nada. Tu sabes que eu consigo ler a tua mente."

"Ai sim?" Baylee respondeu, tentando fingir indignação. "Então faz isso, mamã psíquica. Lê a minha mente."

Houve um som de dedos a estalar, abafado pela distância do recetor do telefone e, em seguida, Shelby respondeu: "Estás louca pelo Chase. És-lhe grata e sentes-te culpada como tudo por não seres capaz de lhe dar nada em troca. Mas, Baylee, tu tens o que ele quer. É *a* ti que ele quer. Ele sabe tudo, certo?"

"Sim."

"E o interesse dele não mudou?"

"Claro que não."

"Então para de te sentir culpada," insistiu Shelby. "Ele descobrirá uma maneira de conseguir o que deseja e o que funciona para ti também. Deve haver uma maneira de... Reza sobre isso, querida."

Baylee assentiu com a cabeça. *Tontinha, ela não te consegue ver pelo telefone.* "Já o fiz."

"Eu também vou rezar. Não existem acidentes. Conheceste o Chase agora por um motivo. Eu tenho que pensar que o motivo envolve vocês dois juntos a longo prazo."

Baylee sorriu. *Gosto muito desse pensamento.*

Numa quinta-feira, cerca de duas semanas após encontrar Baylee e Dylan no banco da igreja, Chase voltou do trabalho à 1:45 da manhã e encontrou Baylee sentada de pijama no sofá da sala de estar formal, com uma chávena de chá nas suas mãos trémulas. Os seus olhos estavam vermelhos e o seu rosto manchado de lágrimas.

"O que se passa?" Ele perguntou, correndo, as suas botas batendo ruidosamente na madeira.

Ela deu um salto e derramou o chá em cima de si mesma.

"Desculpa," ele disse, agarrando na chávena, temendo que ela se pudesse ter queimado. Estava fria como uma pedra. Ele colocou-a na mesa de centro, os anéis na madeira que se danassem, e deslizou os braços à volta dela.

"O que se passa, querida?" Perguntou ele.

Ela fungou, derretendo-se no seu abraço e abruptamente rebentando em soluços. Sem parar para considerar, ele pegou nela e colocou-a no seu colo.

"O que aconteceu, Bay?" Perguntou ele.

"Fui hoje ao meu advogado," disse ela, engolindo em seco e choramingando entre as palavras.

"Ele não..." os seus braços se apertaram em volta dela. "Eles não vão levar o Dylan, pois não?"

Ela abanou a cabeça. "Estão a tentar declarar-me como uma péssima mãe. Eles chamaram os Serviços de Proteção à Criança. A única razão pela qual não estiveram aqui é porque eu não atualizei o meu endereço com o advogado. Eles não sabiam onde me encontrar."

Chase absteve-se de dizer '*eu bem te avisei*'. *Isso não ajudará.* "Vai ficar tudo bem, Bay. Trá-los cá. Deixa-os ver como é bom o lugar onde o Dylan mora. Não há nada de errado com esta casa," ele insistiu, acariciando as suas costas.

Ela abanou a cabeça. Ele pegou num lenço de papel da caixa que estava sobre a mesa.

Ela assoou o nariz com uma buzina deselegante e balançou a cabeça. "Não adianta. Eles saberiam. Esta não é a minha casa. Estamos a dormir aqui. Isso não é um ambiente adequado. Eles vão levá-lo, Chase." Ela desmoronou novamente.

"Calma, amor. Shh." Ele acariciou os seus dedos para cima e para baixo na sua espinha. "Calma. Não estás só, Baylee. E não estás aqui a dormir. Vocês são... a minha família. Pelo menos é o que eu sinto. Não quero que te preocupes mais, ok? Eu estou aqui. Havemos de pensar em algo."

Mas Baylee não estava a ouvir. A miséria sufocou-a, destruindo a sua capacidade de pensar, de ser racional. Pensamentos terríveis e previsões funestas giravam na sua mente, torcendo novos histéricos com cada nova ideia. *Vou perder o meu bebé. Como posso impedir que isso aconteça? Não posso.*

Em pouco tempo, a exaustão dominou-a e ela chorou até adormecer. Chase pegou-a nos seus braços e levou-a até ao quarto de hóspedes, deslizando-a para a cama ao lado do filho. Ele deu um beijo casto na sua testa antes de sair da sala, fechando a porta atrás de si. *Com sorte, ela conseguirá dormir e deixar a solução do seu mais novo problema para mim*. Bem, não só para ele. Pela primeira vez desde que conseguia lembrar-se, Chase ajoelhou-se ao lado da sua cama e teve uma conversa tranquila com o Senhor. Ele não falou muito, mas na escuta confusa e perturbada, uma resposta, como o queimar da espada de um anjo, iluminou a sua mente com um brilho reluzente.

"Obrigado," ele murmurou. *Então, eu nunca estive realmente sozinho.*

De manhã, quando Baylee abriu os olhos, foi para uma sensação de desgraça iminente... e uma forte dor de cabeça.

Estremecendo, ela inclinou-se e beijou Dylan. O menino suspirou no seu sono e virou-se.

O aroma do café flutuava do andar de baixo. Pensando que isso poderia ajudar, ela levantou-se lentamente e desceu as escadas para a cozinha. Chase estava diante da panela, que parecia ser o seu hábito matinal. Ela colocou os braços à volta da cintura dele por trás e inclinou a cabeça nas suas costas.

"Baylee," ele murmurou, virando-se para abraçá-la.

O borbulhar da panela cessou e ele serviu uma chávena para ela, com o braço em volta dos ombros dela, e depois outra para si mesmo. "Acho que descobri algo. É uma loucura, mas deve funcionar para todos os envolvidos. Vamos sentar-nos e eu conto-te."

"Podemos sentar-nos lá em cima?" Baylee pediu.

"Claro. Vamos." Ele entrelaçou os dedos nos dela e conduziu-a até à sala de estar, conduzindo-a para um dos sofás confortáveis e sentando-se ao lado dela. Eles viraram-se um para o outro.

Baylee olhou para ele. *Tão bonito, aquele cabelo castanho-avermelhado despenteado, caindo sobre os seus ombros. Os seus olhos brilham quando olha para mim, fazendo o meu coração disparar. A sua mandíbula firme, eriçada com uma barba ruiva, que implora para ser beijada.* "Então, o que descobriste?" Ela perguntou.

"Bem, por muito tempo não consegui nada. Algures por volta das 3:45 ocorreu-me... Acho que... Acho que Deus falou." Ele pareceu um pouco surpreso com a sua própria admissão e rapidamente continuou. "Qual era o objetivo final?"

"Ficar com o Dylan," ela respondeu prontamente.

"Sim," ele concordou, "mas não é só isso. Tu queres manter o Dylan no melhor ambiente possível."

A raiva aumentou. "Eu não vou entregá-lo a eles," ela rosnou. "Não te esqueças de que o filho deles virou gângster e traficante de droga."

Ele ergueu as mãos. "Acalma-te, Baylee. Não estou a dizer que deverias. Mas é assim: Os Rockwells descobriram que a maneira mais rápida de ficar com o Dylan é provar que ele não vive num ambiente adequado. É por isso que eles ligaram para os serviços de proteção de menores e pediram que inspecionassem a tua casa."

Ela assentiu e tomou um gole de café. O seu ouvido a latejar exigiu uma resposta emocional, mas ela forçou-se a não se passar. *Eu tenho de ouvir.*

"Eu conheço algumas pessoas que trabalham para o CPM. Eles não estão no negócio de separar os filhos de pais amorosos. Não importa quem é mais rico. O dinheiro não é igual ao amor e eles sabem disso, mas a pobreza absoluta e a instabilidade também são problemas."

Baylee tomou um grande gole de café e escaldou a língua. Ela não se importou com a queimadura. Isso deu-lhe uma desculpa para as lágrimas nos seus olhos.

Chase continuou a falar. "Mas se o CPM descobrir que o Dylan vive numa casa confortável, com um quarto só para ele, decorado com as suas coisas favoritas... que seriam tigres?"

"Aviões," respondeu Baylee.

"Aviões. Gosto deste miúdo." Ele sorriu, mas parecia tenso. "Ok, um quarto com aviões. Teremos que fazer essa configuração imediatamente. Brinquedos para brincar, um frigorífico cheio de comida, um parque do outro lado da rua e..." ele agarrou na mão dela, "uma mãe relaxada, feliz e confiante. Não me importa o quão ricos sejam os avós dele, não há nada de errado com um lar como este. Tens que trazê-los cá."

Baylee fechou os olhos. *É claro que o Dylan estaria naquele quarto dos aviões sozinho.* "Entendo onde queres chegar. Isso seria ótimo. Também é bom para o Dylan. Mas Chase, eu prometi... Estou a ser idiota? Mantendo um voto quando tudo isto..." Ela acenou com a mão, indicando a sala, "está ao meu alcance e ao do Dylan? Mas se eu disser que sim, sentir-me-ia uma prostituta, a trocar o meu corpo pela tua generosidade."

"Baylee, para," Chase disse, apertando a mão dela com força. "Ainda não acabei e não é isso que peço. Eu disse que respeito as tuas convicções. Além disso, não sei se morar com um tipo em troca de um teto sobre a tua cabeça realmente conta como uma casa estável. Não é isso que estou a oferecer."

"Então é o quê?" Ela perguntou, confusa.

"Imagina. Não uma mãe a morar com o namorado. E se eles vierem e encontrarem uma família? Uma mãe, uma criança e..." ele parou, visivelmente se preparando.

"E o quê, Chase? O que és tu?"

"O padrasto." Ele engoliu em seco, a sua maçã de Adão a balançar.

Baylee pestanejou. "Chase?"

"Eu sei, parece loucura, mas pensa, Baylee. Se nos casássemos, todos receberiam exatamente o que desejam e precisam. O Dylan consegue uma boa casa com uma família estável. Tu obténs o apoio financeiro de que precisas e..."

"E o apoio emocional também. Mas e tu, Chase? O que é que tu recebes?"

"A ti," ele disse simplesmente. "Eu ter-te-ia a ti e é isso que eu queria desde o início."

Ela abanou a cabeça. "Eu não valho tudo isso."

"Para mim vales," ele rebateu. "Deixa, Bay. Deixa-me cuidar de ti. Deixa-me sustentar-te."

"Eu não te amo, Chase," ela disse-lhe com brutal honestidade.

Ele fez uma careta. "Claro que não. Ainda não me conheces bem o suficiente, mas está a crescer. Não podes dizer que não."

"Eu não posso... Eu não consigo pensar sobre isso. Não consigo decidir... na hora... Chase, eu..." ela parou de gaguejar e ficou em silêncio.

Ele levou a mão dela aos seus lábios e beijou-a. "Eu sei que é muito em que pensar. Porque não tiras um tempo e ponderas sobre isso?"

"Talvez o faça... Espera, que horas são?"

"Umas oito e meia."

"Caramba! Tenho que estar no trabalho às dez. Tenho que me despachar."

"Bay, posso sugerir que ligues para lá? Isto é muito importante."

Sentindo-se oprimida, Baylee retirou-se para o seu café, deixando a sua mente ficar em branco. Do vazio, um único pensamento coerente surgiu. "Preciso falar com a Shelby."

"Sim, claro. Liga para o trabalho e depois liga à Shelby. Ou pede para ela vir cá. Tem o parque do outro lado da rua, se quiseres levar o Dylan para brincar lá e vocês duas podem conversar. Baylee?" Ela encontrou os seus olhos. "Estou a falar a sério. Por favor, considera essa possibilidade."

Ela concordou. Ele enfiou a mão na gaveta da mesa de centro e tirou um telemóvel. "Vá. Liga para o trabalho e depois para a Shelby."

Baylee fez as ligações entorpecida, os seus lábios formigando, resistindo a formar palavras coerentes, mas ela conseguiu. Quando Dylan apareceu, amarrotado e a bocejar, Baylee garantira um dia de folga no trabalho e um plano para que Shelby passasse por lá às nove e meia para uma conversa séria. Dylan sentou-se para comer uma tigela de cheerios com leite e um copo de sumo. Baylee pegou num pedaço de torrada, perdida em pensamentos. Ela ainda estava à deriva quando Chase pôs Dylan a ver a Rua Sésamo e mandou-a tomar banho. Ele saiu para resolver algumas papeladas no clube para não estar por perto. O beijo caloroso que ele pressionou contra os lábios dela fora da porta da casa de banho era como… voltar para casa.

Embora a água tenha lavado um pouco da tensão de Baylee, ela não resolveu o que fazer com o seu suposto pretendente e a sua proposta inesperada.

Quando ela vestiu as cuecas limpas, as calças de ganga e uma das camisolas grandes de Chase, a campainha tocou. Ela correu para a porta e girou a maçaneta para revelar a sua melhor amiga.

"Shelby!" Ela jogou os braços em volta da amiga e recebeu um abraço maternal.

"O que se passa, querida? Não estavas a fazer sentido ao telefone e eu estava preocupada."

De repente, Baylee sentiu-se sufocada na casa. "Podemos ir lá para fora, por favor? Preciso de um pouco de ar."

"Claro. Dylan?" O menino ergueu os olhos da TV. "Queres sair para brincar?"

"Sim!" Ele comemorou.

"É preciso casaco?" Baylee perguntou.

"Nah, estão quase quarenta graus lá fora. Adoro o outono no Texas."

"Eu também. Vamos." Ela calçou as sandálias e Dylan calçou as sapatilhas. Depois ele pegou na mão da mãe de um lado e na da Shelby do outro e os três atravessaram a rua em direção ao parque.

Quando a brisa quente despenteou o seu cabelo molhado, Baylee exalou pesadamente. Soou como um suspiro. Dylan subiu para o baloiço e ela empurrou-o.

Shelby aproximou-se. "O que aconteceu?" Ela perguntou.

"É o Chase. Eu ... ele pediu-me em casamento," ela deixou escapar.

Shelby encarou-a. A sua boca não se abriu, mas a frouxidão nas suas bochechas rechonchudas sugeria que sim. "Pediu? Porquê?" Baylee olhou para ela. Shelby pareceu perceber o que disse e fez uma careta. "Não foi isso que eu quis dizer. Não há nada de errado contigo, querida. Só digo que é muito repentino. Conhece-lo há pouco tempo."

"*É* repentino," Baylee respondeu, voltando a sua atenção para Dylan, empurrando-o mais alto enquanto o menino gritava de alegria. "Ele descobriu algo sobre mim. Acho que está armado em cavaleiro andante."

"O que foi que ele descobriu?" Shelby perguntou.

Baylee respirou fundo. "Ele descobriu... que fui despejada do meu apartamento."

Shelby encarou-a. "O quê, Baylee? Porque não me ligaste?

Vocês os dois poderiam ter ficado comigo. Tu sabes que eu teria deixado."

"Shelby, fomos despejados há três meses," ela admitiu numa voz suave.

"Bay! Porque não me ligaste?"

"Não podia," ela insistiu. "O teu marido já pensa que sou uma sanguessuga. Não poderia pedir mais nada."

"Mas não sabíamos. Onde estão hospedados? Por favor, diz-me que tu e o Dylan não estiveram na rua."

"Não," Baylee abanou a cabeça. "Dormíamos na igreja. Trabalhar lá tornou tudo mais fácil."

"Na..." Ela balançou a cabeça em descrença. "Não admira. Então, o Chase encontrou-vos lá?"

"Sim. Não acredito que me esqueci de trancar a porta. Acho que estava distraída. De qualquer forma, isso foi há algumas semanas. Durmo no quarto de hóspedes dele desde então. Até ontem, quando descobri... Descobri que os avós do Dylan tentam fazer com que eu seja declarada uma mãe inadequada. Esta é a solução do Chase."

Baylee empurrou o baloiço em silêncio, respirando lentamente. Shelby, ao que parecia, estava perdida em pensamentos, olhando para as folhas douradas dos carvalhos que sombreavam o parque.

"Talvez tenha sido o destino, Bay," Shelby disse finalmente. "Tu precisas de alguém para te ajudar. É melhor um homem... um marido, já que tens um disponível."

"Eu não amo o Chase," Baylee disse teimosamente.

"Hã?" Shelby parecia duvidosa. "Não é o que parece. Ou se não, em breve amarás. E ele é louco por ti."

"Mas como é que alguma vez vou ter a certeza?" Ela perguntou, cavando na parte mais profunda da sua preocupação.

"O que queres dizer com isso?" Shelby perguntou.

"Quer dizer, estou-lhe muito grata por tudo o que ele já fez. Ele é simplesmente... simplesmente incrível. Se ele também me resgatar dessa forma, nunca saberei se o amo ou se apenas amo o que ele faz por mim."

"Baylee, tu tornas as coisas mais simples em complicadas," disse Shelby com carinho. "Ele ama-te. É por isso que te quer ajudar. Tu amas quem ele é, o seu coração. Esse coração está expresso nas suas ações. No final do dia, Bay, se agires de forma amorosa e ele agir de forma amorosa, isso é amor."

Baylee pestanejou. Ela nunca tinha pensado nisso antes.

"Não fiques muito presa aos sentimentos. Eles são como o oceano. Eles vazam e fluem. Não podes deixar os sentimentos decidirem nada. Achas que sinto amor pelo meu velho resmungão todos os dias? Não sinto. Mas escolho ser amorosa de qualquer maneira, e depois de um tempo, os sentimentos voltam. É assim que funciona o casamento, Bay. Tu podias fazer isso com o Chase. Ele é um bom homem. Seria fácil ser doce com ele, fazê-lo sentir-se bem."

Baylee sorriu. "Ok, isso é verdade."

"Então, porque não? Quer dizer, por enquanto, é o que tu precisas para fazer a tua vida funcionar. O resto... o resto podes trabalhar mais tarde. E sabes que mais?"

"O quê?"

Shelby bateu no quadril da sua amiga. "Se fores casada, podes dormir com ele."

O queixo de Baylee caiu. Shelby fechou-o com um dedo e riu. "Olha para ti, miúda. Tão envergonhada. O Chase é tãããão bom. Não podes dizer que não queres."

"Eu devia dizer ao teu marido que disseste isso," disse Baylee amargamente.

"E agora ela está com ciúmes. Definitivamente, deverias considerar a oferta dele, Bay. Vou dizer-te uma coisa, deixa-me praticar as minhas habilidades psicológicas contigo. Ajudar-te a decidir o que realmente desejas fazer."

"Tu não és psicóloga," disse Baylee.

"Eu fiz um semestre," respondeu Shelby, rindo. "Vá. Faz este exercício comigo, ok?"

"Ok," disse Baylee com um suspiro.

"Ótimo. Eis o que gostaria que fizesses. Concentra-te. Foca completamente a tua mente no que eu digo. Não deixes nenhum outro pensamento se intrometer. Não penses em nada além do que estou a dizer. Quero que te concentres no que a Baylee deseja. Não o Dylan. Não o Chase. Ninguém além de ti. Estás concentrada?"

"Sim," disse Baylee, a sua atenção na sua amiga enquanto os seus braços empurravam o seu filho em piloto automático.

"Agora vou-te fazer uma pergunta. Quero que respondas com a primeira coisa que vier à tua mente. Não reflitas, apenas responde, ok?"

"Ok."

"O que queres para ti?"

Uma imagem surgiu na sua mente. "O Chase." Depois engasgou-se, percebendo o que disse. Ela virou-se para Shelby com os olhos arregalados.

A sua amiga deu-lhe um sorriso presunçoso.

"Mas, mas…"

"Sem mas, Baylee. Tu queres ele. Ele quer-te a ti. É o melhor para o Dylan. Vai em frente."

"Não posso acreditar que me pedes para casar com um homem que conheço há tão pouco tempo."

O sorriso de Shelby ficou melancólico. "Eu sei, mas dadas as circunstâncias…"

Um barulho estrondoso chamou a atenção de Baylee do outro lado da rua, onde ela viu a pickup de Chase a estacionar no seu devido lugar.

"Anda lá!" Shelby pediu. "Vamos contar-lhe antes que mudes de ideias." Ela pegou num Dylan a protestar do baloiço e arrastou os dois pela rua de volta para a casa de Chase.

"Aqui tens," disse ela, empurrando Baylee na direção dele. Ele apanhou-a. "É toda tua. Fisguei-a para ti. Só tens que a apanhar."

Chase deu a Shelby um olhar perplexo antes de se voltar para Baylee. "O que ela quis dizer com aquilo?"

"Shelby," protestou Baylee, "não sou um peixe."

"Vão conversar. Vou levar o Dylan de volta ao parque." Antes que qualquer um deles pudesse dizer uma palavra, Shelby desapareceu.

O olhar de Chase permaneceu fixo no rosto de Baylee. Ele não prestou atenção à partida da sua amiga. "Baylee?"

Ela não conseguia falar. O seu rosto queimou. A brisa estava fria contra as suas bochechas aquecidas.

A captura de Chase transformou-se num abraço amoroso. Ele tocou com os lábios na sua testa. "Tu queres, Baylee?"

"Oh, Chase, eu... quando?"

"Agora mesmo. Amanhã, se conseguirmos. Quero isto resolvido. Eu sei que seria melhor levar o nosso tempo, mas com as coisas da maneira que estão..."

Ela colocou um dedo sobre os lábios dele. "Eu sei. Tens a certeza de que não te vais arrepender?"

"Espero que não." As suas sobrancelhas se arquearam. "Vais fazer-me arrepender, Bay?"

"Espero que não."

Um sorriso estranho curvou os lábios dele. "Quem diria que eu ainda poderia ter tanta esperança?"

"Ou eu," Baylee apoiou.

Eles riram nervosamente.

"Casa comigo, Bay." Chase pediu.

"Ok."

Ele arregalou os olhos. "Ok?"

"Sim. Vamos a isso."

Ele sorriu amplamente, mostrando dentes brancos, ligeiramente sobrepostos na parte inferior. Então ele beijou-a ali mesmo na rua.

CAPÍTULO 9

Três dias depois, Chase e Baylee chegaram à igreja. Ela tremia tanto que ele teve que segurar novamente nela.

"Estás com medo?" Ele perguntou gentilmente. Ela concordou. "Vai correr tudo bem, Bay. Prometo. Pensa no Dylan."

Ela fechou os olhos com força; a única resposta que ela poderia imaginar, já que a sua voz parecia estar presa. Deixando uma mão calmante no centro das suas costas, Chase acompanhou-a até ao escritório do pastor. Ela encontrou os olhos do homem que a ajudara pela primeira vez quando ela se viu numa situação desesperadora. *Ele parece um pastor. Digno e alto, embora não precisamente magro, o seu cabelo escuro com fios de prata, exala um ar acolhedor de competência. Parece alguém que eu odiaria dececionar, no entanto, quando cheguei solteira, grávida e desesperada, ele nunca lançou o menor sinal de julgamento sobre mim. Hoje ele parece preocupado.* A sua expressão fez o seu coração bater mais do que nunca.

O pastor Wilson levantou-se do seu assento. "Baylee," ele disse calmamente, a sua voz cuidadosamente neutra enquanto acenava para um par de assentos de madeira enormes do lado oposto da sua mesa. Atrás dele, fileiras de estantes contendo de tudo, desde comentários bíblicos a romances de suspense cristãos, que decoravam a parede do chão ao teto. Juntamente com as cortinas de brocado vermelho e dourado, e a madeira escura da mesa e do chão, a sala parecia tão aconchegante quanto um abraço caloroso. O pastor passou a mão por uma espessa massa de cabelo grisalho.

"Reverendo Wilson," respondeu Baylee, "como está a sua esposa?"

"Ela está preocupada contigo, minha querida," disse ele. "Ela quer saber porque estás a tomar uma decisão tão precipitada."

Baylee olhou para Chase. "É difícil dizer exatamente. Só sei que posso confiar no Chase. E, francamente, preciso da ajuda dele."

"Isso significa que já não vais dormir no santuário?"

O queixo de Baylee caiu. "Você sabia?"

Os seus lábios se curvaram, embora ela não lhe tivesse exatamente chamado de sorriso. "Sim, com certeza. Não sabes quantas vezes eu ia oferecer ajuda, mas algo me impediu. Não terias aceitado, não é?"

"Não," ela respondeu.

"Foi o que eu pensei. Só aceitaste a ajuda da creche porque trabalhavas para ela, não é?"

Ela concordou. O seu sorriso parecia apertado.

"Porque é que este é diferente?" Ele indicou Chase com uma inclinação do seu queixo. "O casamento é para sempre, Baylee. Não é uma decisão a ser tomada em instantes. Existem outras opções. O abrigo da mulher, por exemplo."

"Não, eu não poderia ir lá," disse Baylee. "Isso é para mulheres que fogem de relacionamentos abusivos. Porque é que eu ficaria com uma cama que poderia salvar alguém da violência?"

O pastor virou-se para Chase e deu-lhe um olhar falante. Baylee olhou e viu-o a sorrir.

"O que foi?" Ela perguntou.

"És tão forte," Chase respondeu.

"Demasiado forte para o seu próprio bem," acrescentou o reverendo Wilson.

"Eu vou ajudá-la," Chase disse simplesmente.

"E por alguma razão, ela quer que a ajudes, mas primeiro tenho que fazer algumas perguntas, Sr. Milligan. Afinal, a Baylee é um membro da nossa congregação há vários anos. Conheço-a bem. De si eu não sei nada. Antes de entregar alguém que vejo como um membro da minha família, preciso saber que tipo de homem você é."

"Pode perguntar, Reverendo," Chase ofereceu, sentando-se na cadeira e traçando um polegar preguiçoso sobre a mão de Baylee.

"A primeira e a mais importante é: você é cristão? Não quero que a fé da Baylee seja prejudicada."

"Vai direto ao ponto, não é?" Chase perguntou, a sua despreocupação a diminuir. "Costumava ser, quando era criança. Tive uma avó que me trouxe à igreja. E até gostei. Aconteceram coisas ao longo dos anos que me fizeram questionar e duvidar, mas não é como se eu tivesse deixado de acreditar. Apenas parei... Não sei." Ele olhou para o seu colo.

"Paraste de arranjar tempo para isso?" Baylee sugeriu. "Foi assim que me senti quando estava na faculdade. Foi um tempo de busca, de tentar outras coisas. Eu tive problemas e assustei-me, por isso voltei depressa. Talvez tenhas demorado mais, mas ainda dá para voltar, certo? Quer dizer, tu não odeias a Deus, não é?"

Chase ponderou a questão. "Não. Acho que o fiz por um tempo, mas agora não."

"Porque fizeste isso?" O pastor sondou. "Às vezes, as pessoas exploram outras opções porque querem saber o que está lá fora, experimentar um estilo de vida mundano, mas para odiar a Deus, algo de muito mau deve ter acontecido."

"Sim, a minha vida não tem sido um mar de rosas," Chase respondeu com um suspiro, "mas vamos esquecer isso."

Esquecer? Provavelmente não. Ela tocou no seu braço,

chamando a sua atenção para si mesma. "Não, Chase. Se há algo sombrio no teu passado, isso vai afetar-me. Eu tenho que saber. Por favor, diz-me," Baylee pediu.

Ele encontrou os olhos dela. "Queres saber, Bay? Ok. Eu já fui casado."

Ela respirou fundo. "Foste? Quando? Por quanto tempo?"

"Casei-me aos vinte e um, fui casado por dez anos e divorciei-me há um ano e meio."

Baylee pestanejou. "Isso afeta-me. O que aconteceu?"

"É uma longa história," disse ele, tentando mentir.

"É melhor se apressar então," o pastor insistiu. "Concordo que isto tem de ser resolvido e, pelo que me lembro, as suas testemunhas chegarão em cerca de vinte minutos.

"Tudo bem," disse ele e soou um pouco explosivo. "Casei-me com a minha namorada do secundário, a minha melhor amiga de infância. Ela era a única pessoa em quem pensei que poderia confiar. Os meus pais divorciaram-se quando eu estava na preparatória. O meu pai foi-se embora. Há séculos que não o vejo. A minha mãe deu o melhor de si, mas estava ocupada com o trabalho. A minha avó morreu. Então, a única pessoa estável e constante na minha vida era a Candace. Conhecemo-nos na terceira classe e éramos inseparáveis desde então. Eu estava grato. Sempre soube que nunca teria que namorar, encontrar uma namorada, porque um dia iria casar com a Candace. E casei, e foi bom. Nós demo-nos muito bem."

Ele parou, suspirando novamente. Baylee estendeu a mão para ele, colocando a sua mão na dele e agarrando-o. "O que aconteceu, Chase?"

"Nada de mais. Eu queria ter filhos. Ela não. Ela queria construir a sua carreira. De qualquer maneira, foi o que ela me disse." O olhar de Chase parecia distante, como se estivesse a olhar para algo que não estava realmente ali. "Jamais esquecerei o dia em que voltei do trabalho e encontrei a Candace a chorar. Ela nunca chorava. Era dura como o aço. Uma atleta. Uma detetive privada. Uma vez vi-a derrubar um homem armado. Mas naquele dia ela estava a chorar. Perguntei-lhe o que se passava e ela disse-me que estava grávida." Ele riu, uma risada seca e sem humor. "Eu nunca pensei tão rápido na minha vida. Eu tinha toda a conversa planeada num piscar de olhos. 'Eu sei que não era isso que querias, querida, mas vai ficar tudo bem. Eu estou contigo. Vou ficar em casa com a criança se quiseres continuar a trabalhar.' Fiquei tão feliz... por cerca de três segundos. Depois ela disse algo que eu nunca esperava." Ele fechou os olhos com força. "Ela disse que o bebé não era meu. Andava a dormir com o colega há um ano. Um ANO inteiro! Eu não fazia ideia."

Baylee podia sentir a dor de Chase. Aquilo a atingiu como um golpe no estômago. "Chase?" A sua mão apertou dolorosamente a dela, mas ele não se virou.

"Não acho que o divórcio tenha sido uma má decisão," continuou ele. "Ela precisava estar com o pai do seu filho. Não havia mais nada para salvar."

"É uma situação triste," disse o pastor numa voz cuidadosamente neutra, "mas, dadas as circunstâncias, não acho que o casamento poderia ser salvo. Não posso usar isso contra si. É bíblico divorciar-se da sua esposa por imoralidade sexual. E... lamento. Isso deve ter doído para caramba!"

Chase concentrou-se e por um segundo, a dor neles queimou Baylee até ao fundo da sua alma. *O Chase é um homem, nunca te esqueças disso. Ele não é um anjo, não é perfeito. Que ele seja humano!* "Chase, em que é que isto é diferente?"

"O que queres dizer com isso?" Ele perguntou, franzindo a testa confuso. A pequena linha entre as suas sobrancelhas atraíu uma vez mais os dedos dela.

"Quer dizer, porque me escolheste? Tu e a tua mulher se divorciaram por causa do filho de outra pessoa. Trago o filho de outra pessoa para o relacionamento, mas ages como se *quisesses* ser o pai do Dylan. Porquê?"

Chase olhou para o pastor como se pedisse ajuda.

"Desculpe," respondeu o reverendo Wilson. "Está por sua conta para explicar esta. Há demasiadas possibilidades."

"Bem," Chase disse lentamente, "está tudo bem porque tu tiveste o Dylan antes de nos conhecermos. Tu não me traíste para concebê-lo. Assim que percebi que tinhas um filho, tive que decidir se ainda te queria. Estar com uma mãe é muito importante, mas a ideia de desistir de ti, era pior que a de conhecer o teu filho. Além disso, eu quero filhos, lembraste? Uma família instantânea não me parece mal."

Faz sentido. "Tens a certeza?" Ela perguntou.

"Bay, se eu não tivesse a certeza, não teria perguntado."

Ela sorriu para ele e ele respondeu com um sorriso genuíno, embora um tanto conflituoso.

"Ok, acho que isso resolve essa questão," disse o pastor, "e parece que vocês os dois sabem o que querem. Assim que os vossos amigos chegarem, começaremos. Querem ir para o santuário ou fazer aqui?"

"Faz diferença?" Baylee perguntou.

"É puramente uma questão de preferência," respondeu o reverendo Wilson.

"Eu não me importo," Chase disse. "Faremos o que a Baylee quiser."

"Aqui," disse ela com firmeza.

Poucos minutos depois, os Cole chegaram com Dylan a reboque. A criança parecia confusa. Ele agarrou-se a Shelby, os seus olhos selvagens. Ela colocou-o suavemente no chão e ele correu para Baylee e jogou os braços em volta da perna dela. Ela ergueu-o sobre o quadril.

"Deem-me licença por um minuto," ela disse a todos. "Preciso falar com o meu filho." Caminhando para o corredor, ela colocou a criança no chão e ajoelhou-se, para que pudesse olhá-lo nos olhos. "Dylan," disse ela com uma voz suave e séria, "gostas da casa onde estivemos hospedados?"

"Sim," respondeu ele com cautela. "A Rua Sésamo está lá."

"E uma cama também, Dylan."

Ele deu de ombros. Claramente, o Poupas era mais importante para ele.

Baylee sorriu apesar das batidas do seu coração. "Gostarias de lá ficar?"

Ele arregalou os olhos. "Queres dizer outra festa do pijama?"

"Não, querido, ficar. O Chase pediu-nos para morar com ele e ser a sua família. É por isso que estamos aqui."

Ele parecia confuso, então ela continuou. "O Chase e a mamã vão-se casar. Isso significa que podemos viver na casa dele para sempre."

"Será a nossa casa também, mamã?"

Deixar que uma criança perceba a minha insegurança e chame à atenção para isso. "Sim, Dylan. Será a nossa casa também. O Chase disse que poderíamos decorar aquele quarto onde dormimos da maneira que quiseres e que seria o teu quarto."

"Onde vais dormir?" Perguntou ele.

"Com o Chase, acho eu," ela respondeu. "No quarto ao lado." O seu estômago embrulhou, mas ela manteve o rosto imóvel.

Dylan estudou a sua expressão, aparentemente procurando alguma pista sobre como se deveria sentir. Os seus pequenos lábios se contraíram como o bico de um pato. "Ok."

"Ok. Vem." Ela estendeu a mão e eles voltaram para a sala. Lá dentro, o pastor havia-se levantado. Chase também. Shane estava atrás dele. Shelby estava de frente para o marido.

Os três degraus para atravessar o escritório são o meu altar. O meu vestido de noiva é um par de calças de ganga azuis. Que casamento! Mas de alguma forma parecia certo. Ela alcançou Chase e pegou em Dylan ao colo. O menino agarrou-se ao pescoço dela.

"Caros irmãos," o Pastor Wilson começou por dizer, "estamos hoje aqui reunidos na presença de Deus e destas testemunhas, para unir o Chase e a Baylee no Santo Matrimónio, que é recomendado para ser honrado entre todos os homens; portanto, não deve ser feito por ninguém inadvertida ou levianamente, mas reverentemente, discreta, deliberada e solenemente. Neste estado sagrado, estas duas pessoas aqui presentes vêm para se juntar. Se qualquer pessoa puder mostrar uma causa justa pela qual não se podem unir, que fale agora ou cale-se para sempre."

Ele encontrou cada par de olhos, mas ninguém disse uma palavra.

"Oremos. Querido Deus, reunimo-nos aqui hoje em honra do casamento, uma propriedade nobre que criaste para a fundação de famílias e educação dos filhos. Oramos pelas vossas bênçãos sobre este casal. Ensinai-lhes o significado do amor, da paciência e carinho. Amém."

"Amém," ecoaram os quatro adultos.

"Então agora," disse o pastor, "o que é exatamente o casamento? A resposta é encontrada nas escrituras, no livro de Génesis." Ele ergueu uma Bíblia ornamentada nas suas mãos e abriu-a numa página marcada com uma fita escarlate. Depois leu: "'Isto agora é osso dos meus ossos e carne da minha carne. Portanto, o homem deixará o seu pai e a sua mãe e unir-se-á à sua mulher, e serão uma só carne.' Vejam, Deus criou o homem e a mulher para serem um só, para se complementarem e se completarem. Os dois sendo um só é a imagem de Deus, unidade perfeita e completa. Sem o céu, nunca alcançaremos essa perfeição, mas o casamento, bem-feito, fornece a melhor aproximação na terra. É com esse objetivo que vocês se comprometem agora. Não entrem nesta aliança levianamente, amigos."

É uma tarefa difícil, pensou Baylee. *Estou surpresa de que o Chase esteja disposto, especialmente depois de uma experiência tão traumática.* Ela assentiu gravemente. Chase fez o mesmo.

"Muito bem. Chase, repita depois de mim. Eu, Chase, recebo-te a ti, Baylee, por minha esposa e prometo ser-te fiel, amar-te e respeitar-te, na alegria e na tristeza, na saúde e na doença, na riqueza e na pobreza, para o bem e para o mal; todos os dias da nossa vida, até que a morte nos separe."

Chase repetiu os votos com uma voz calma e confiante.

"Agora tu." Ele virou-se para Baylee. "Eu, Baylee, recebo-te a ti, Chase, por meu esposo e prometo ser-te fiel, amar-te e respeitar-te, na alegria e na tristeza, na saúde e na doença, na riqueza e na pobreza, para o bem e para o mal; todos os dias da nossa vida, até que a morte nos separe."

Baylee também repetiu, embora a sua voz tremesse e se recusasse a superar um sussurro.

"Pelo poder investido em mim, eu agora vos declaro marido e mulher."

Baylee engoliu em seco. *Já está. Estou casada. E agora?* Os seus olhos encontraram os de Chase. Ele olhava para os lábios dela. *Oh sim, o beijo.* Uma sensação de timidez contorcida a dominou. Os seus olhos se desviaram e ela abraçou Dylan com um pouco mais de força.

"Vá lá, tolinha," disse Shelby. A sua voz soou alta nos ouvidos de Baylee. "Beija-o. Ele é teu marido."

Ela olhou para Chase novamente. Ele inclinou a cabeça, borrando os lábios contra os dela. Por um momento, o mundo girou loucamente em torno de Baylee e ela pensou que poderia estar doente. Então o chão se estabilizou sob os seus pés.

"Parabéns," Shane disse suavemente. "Agora temos que ir buscar os meninos. A escola está quase a acabar. Boa sorte. Chase, vou cobrir o teu turno esta noite." Eles viraram-se para sair.

Shane e Shelby deram um abraço em Baylee e o casal foi embora.

"Vou enviar isto com a correspondência de amanhã," prometeu o pastor Wilson. "Devem ter a vossa cópia em algumas semanas. E se tiverem algum problema, precisarem de ajuda, conselho ou oração, liguem-me."

Baylee assentiu com a cabeça. Chase também. Eles deixaram a igreja como um casal.

"Bem," disse Baylee quando eles pisaram o entardecer, "o que vem a seguir?"

"Podemos comer McDonald's?" Perguntou Dylan.

Baylee riu histericamente. "Não é perfeito? Casar de jeans e uma receção no Black Mac's."

Chase riu. "Acho que isso se pode arranjar. Mais tarde, vamos até à Target? Acho que precisamos de alguns lençóis novos para a cama do Dylan e talvez de um novo brinquedo."

"Brinquedo!" Dylan aplaudiu.

"Chase," repreendeu Baylee, "não o mimes."

"Não estou a mimá-lo," ele disse e a luz do sol apanhou um olhar de terna diversão que ele dirigiu ao filho dela. "É um dia especial. Gostaria de comprar-lhe algo."

"Ok," respondeu Baylee.

"Boa noite, Dylan," disse Baylee, beijando o filho na bochecha. Ele aconchegou os lençóis novos do avião em volta do queixo, a cabeça aninhada no travesseiro de pelúcia. Ela puxou o edredão sobre a sua forma pequena. "Lembra-te," acrescentou ela, "estou na porta ao lado, se precisares de mim." Ela beijou-o novamente. Ele murmurou algo incoerente, os olhos já caídos.

Uma exalação suave desviou o olhar de Baylee da criança. Chase estava na porta, um pé descalço apoiado contra a moldura, os braços cruzados sobre o peito. Ela aproximou-se. Embora a exuberância barulhenta de Dylan a tivesse impedido de pensar muito durante toda a tarde, uma vez que a voz aguda se acalmou no sono, os seus nervos aumentaram dentro dela.

Sem dizer uma palavra, Chase pegou na sua mão e puxou-a suavemente para fora do quarto, fechando a porta quase toda. Ele levou-a para o seu quarto… para o quarto deles. O estômago dela se contraiu e os seus dedos se apertaram nos dele.

"Baylee, estás apertada como uma mola," comentou ele, esfregando o polegar sobre o dela. "O que se passa?"

"Nada," respondeu ela. Depois engoliu em seco.

"Não me digas que não é nada, Bay," ele insistiu. "Eu posso

sentir o quão tensa estás. Fala comigo. O que deixou a minha noiva toda chateada?"

Noiva? Valha-me Deus. Ela balançou a cabeça mesmo com o lábio deslizando entre os dentes.

"Estás preocupada com esta noite?" Ele perguntou. "Porque se não estiveres pronta, podemos esperar um pouco."

Baylee caminhou pelo quarto até à casa de banho e pegou na sua escova de dentes, considerando a sua resposta. Chase há muito que havia reivindicado a outra das duas pias. O seu desodorizante, água de colónia e lâmina de barbear enchiam o balcão ao redor. Ela havia descarregado a sua escova de dentes e outros acessórios mais cedo, perto da segunda pia não usada.

"Eu quero," disse ela, sentindo o calor nas bochechas, "mas já lá vai algum tempo e estou um pouco... nervosa."

"Nervosa porquê?" Perguntou ele. "Ouve, eu sei que é uma pergunta estranha, mas eu preciso saber. Antes, quando estavas com o pai do Dylan, tu... odiavas o sexo? Ele magoou-te?"

Baylee corou. Ela podia ver a cor vibrante no espelho enquanto movia a escova de dentes na sua boca. Ela cuspiu a boca cheia de espuma e admitiu: "Não, não odiei. E geralmente não doeu. Acho eu... Acho que estava tudo bem."

Ele sorriu abertamente. "Vou ver se consigo mudar a tua opinião sobre isso. Tudo bem? Provavelmente não."

"Podes tentar," respondeu Baylee.

"Sem pressão." Chase sorriu. "Fazemos assim. Vamos com calma. Sem pressa. Vamos preparar-nos para dormir. Aconchegar-nos. Ver como as coisas correm. Temos uma vida inteira."

Ele enfiou a escova de dentes na boca, interrompendo a conversa. Baylee lavou o rosto e prendeu o cabelo numa trança. Depois voltou para o quarto e esticou-se nos lençóis pretos de Chase. *Preto, ugh. Pergunto-me se ele me deixaria redecorar um pouco.*

Ele juntou-se a ela um minuto depois, desligando a lâmpada e aconchegando-se contra as suas costas.

"Olá, doce menina," ele murmurou no seu ouvido. Os seus

lábios tocaram o ponto sensível onde o seu pescoço e ombro se encontravam. Baylee congelou.

"Relaxa, Bay. Assim nunca vais conseguir dormir. Eu sei do que precisas." Ele pressionou-a contra a barriga e passou as palmas das mãos nos músculos tensos das suas costas. O seu toque quente acalmou-a e ela suspirou. *Isto é tão bom, tão calmante.* Um por um, os pontos doloridos nas suas costas renderam-se à pressão suave dele até que ela se sentiu como uma poça de cera derretida. Mas enquanto ele esfregava, ela percebeu um desconforto crescente. A pressão das mãos dele enterrou o tecido da blusa dela na sua pele. Ela estremeceu, mudando, mas não conseguiu encontrar uma posição confortável. *Não sejas tímida, Baylee. Resolve o assunto.*

"Espera, Chase," ela disse. Tirou a camisa de baixo dela e pô-la de lado.

"Bay?"

"Continua," ela implorou. "Sabe bem." Ele colocou as mãos de volta nela, cavando profundamente num nó de tensão que a incomodava há semanas. O músculo relaxou e ela choramingou.

Chase riu. "Tu derretes quando toco em ti."

"Sabes porquê, não sabes?" Ela murmurou, virando a cabeça para que a almofada embalasse a sua bochecha.

"Porquê?" Perguntou ele.

"Porque é quando eu sei que estou em segurança."

Desta vez, Chase congelou. Então ela sentiu um toque diferente. Os lábios dele, na parte inferior das suas costas. Ele seguiu-os ao longo da sua espinha. Carne firme e macia contrastando com bigodes ásperos. Ela não conseguiu deixar de se pressionar no seu toque.

Ele beijou o pescoço dela novamente e desta vez ela gemeu. As suas mãos traçaram o comprimento da sua coluna e ele baixou-se, cobrindo as suas costas nuas com a sua frente e pressionando-a na cama.

"*Estás em* segurança, Baylee. Tens carregado um fardo muito pesado por muito tempo, mas não mais. Agora tens alguém do teu lado. Alguém para cuidar de ti e proteger-te."

"Eu sei," disse ela. "É perfeito. Estou tão feliz que tenhas lutado por mim, Chase. Que não tenhas desistido."

"Eu nunca vou desistir de ti, Baylee."

Ela pressionou-se para cima com as costas e ele ficou de joelhos, permitindo que ela rolasse debaixo dele. Ela enrolou os braços em volta do pescoço dele, puxando-o de volta para cima dela.

"És meu marido," ela disse suavemente, a ideia finalmente se assimilou.

"E tu és minha mulher," respondeu ele. Então ele baixou a cabeça, tocando os seus lábios num beijo de ternura ansiosa.

"Eu quero-te," Baylee disse suavemente contra a boca de Chase.

"Eu sei. Eu também te quero," ele respondeu. "Mas não vamos nos apressar. Aproveita cada momento, doce menina."

Ela guiou a sua boca de volta para a dele. "Beija-me."

E assim fez ele. Os seus lábios comprimiram os dela docemente antes da sua língua pedir admissão na sua boca. Ela abriu-a, deixando-o provar, acariciando a sua língua com a dela. Eles colocaram coração a coração, bocas agarradas uma à outra enquanto a paixão acumulada crescia lentamente entre eles. Como ela conteve o seu desejo por este homem. Mas agora não precisava conter-se mais. *Agora vamos fazer amor. Já estamos a fazer.*

Ela correu os dedos pelos cabelos sedosos da nuca dele e prendeu-os, arqueando as costas para que os seus seios nus pudessem empurrar contra o peito dele. Em contraste com o que as suas mãos tocavam, os cabelos que brincavam nos seus mamilos pareciam ásperos. Os toques espinhosos estimularam os picos sensíveis a uma dureza dolorosa.

Chase pareceu notar a sua crescente excitação. Uma mão rastejou entre os seus corpos, para que ele pudesse capturar o globo macio. A palma calejada dele pousou na ponta do seio dela, fazendo-a suspirar.

"Nem muito grande, nem muito pequeno," ele brincou. "Mas o que é isto? A minha Baylee quer ser tocada?"

"Sim, Chase. Toca-me, por favor."

Os dentes dele brilharam na escuridão ao som do seu apelo. Ele ergueu-se sobre um cotovelo e agarrou o seu mamilo entre as pontas dos dedos. O prazer agudo a fez prender a respiração num suspiro. Os seus quadris arquearam, trazendo-a em contacto com a plenitude dos boxers dele.

"Oh, Chase!"

"É melhor do que bem, Bay?"

"Oh, sim!"

Ele pressionou para baixo com a sua pélvis, prendendo-a no lugar e esfregando a sua ereção contra a junção das coxas dela. Os seus joelhos dobraram e se separaram, embalando os seus quadris. Baylee já não se sentia nervosa, apenas ansiosa, pronta para ficar perto do seu marido.

E então, como se para dissipar qualquer dúvida persistente, ele baixou a boca para o mamilo dela. Uma doce sucção a fez choramingar. Ele beliscou-a e ela gritou fortemente.

"Silenciosamente, Bay," ele pediu. "Não acordes o Dylan."

Ela enfiou os nós dos dedos na boca quando Chase começou a cuidar do seu outro seio. Choques de calor atingiram a barriga de Baylee a cada puxão. E quando ele duplicou a estimulação, chupando um mamilo e gentilmente beliscando o outro, o chiado em resposta diretamente ao seu sexo a fez arquear as costas novamente.

Chase deslizou sobre o corpo de Baylee, um dedo enganchando o cós elástico gasto dos seus calções transpirados, puxando-os para baixo enquanto beijava o comprimento da sua barriga, provocando o seu umbigo com a ponta da língua. Ele beliscou-a abaixo do seu abdómen e outro som suave escapou. Ele ficou de joelhos, pressionando os dela para que pudesse tirar a sua roupa. *Graças a*

Deus pela escuridão. Ele vai ter que me ver nua algum dia, mas não estou pronta. Não na primeira vez. No escuro, é mais fácil relaxar. Ele baixou os calções e separou as pernas dela, estabelecendo-se entre elas e beijando-a ali. Ele afastou as suas dobras e a beijou novamente.

"Chase?" Ela choramingou.

"Quero provar-te, Bay. Posso?"

Ela não conseguiu falar para responder, então ele tomou a iniciativa, passando a língua ao longo do seu sexo molhado. Cada centímetro do seu lento progresso parecia incrível e então ele alcançou o topo, encontrando um pequeno nó de tão delicada sensibilidade que ela teve que morder o lábio com força para não gritar.

"Estás outra vez tensa," ele disse tristemente. "Precisas de outra massagem, Bay?"

Sem esperar por uma resposta, ele começou a manipular o seu clitóris com a língua, primeiro estimulando com a ponta, depois acalmando com a parte plana. Um e depois dois dedos a invadiram, esfregando profundamente. Baylee se contorceu, mas não para escapar. Agora ela queria o orgasmo que Chase estava a criar. Queria e estendeu a mão para isso, os seus músculos a travar, a sua respiração presa em pequenos soluços indefesos.

"Isso, Bay," cantarolou ele contra ela. "Vem-te, querida."

O calor selvagem cresceu profundamente na sua barriga e irradiou para fora, curvando a sua coluna e prendendo o seu sexo nos dedos dele. Ela não pôde conter os gritos de prazer que saíram da sua garganta. Chase estava de volta em cima dela num instante, cobrindo a sua boca e bebendo os seus ruídos de prazer com beijos molhados e salgados.

Ele beijou a sua testa enquanto o seu pico diminuía.

"Oh, Chase," ela suspirou.

"Estás pronta para mais, Bay?"

"Mais?" Ela perguntou, saciada demais para pensar com clareza.

"Também te quero!" Ele pressionou a sua ereção contra ela.

Sentir o órgão espesso causou uma pontada de desejo. "Oh

sim," ela gemeu. Ela baixou-se e baixou os boxers dele, para que pudesse segurar no seu pénis saliente. A ereção elegantemente curva encaixava-se perfeitamente na sua mão. Chase espreguiçou-se por um momento e voltou, colocando um quadrado de papel de alumínio na sua mão. Ela rasgou o pacote avidamente, recuperando a bainha de látex e aplicando-a no eixo tenso do seu marido.

"Agora?" Ele perguntou, provocando a sua coxa com o seu calor duro.

"Por favor!" Ela pediu, pressionando as mãos contra a parte inferior das costas dele e colocando-o em posição.

Chase respondeu arqueando lentamente os quadris. Ele guiou-se com uma das mãos e com a outra segurou na nuca dela.

"Beija-me, Baylee," ele pediu. Ela obedeceu, gemendo contra a sua boca enquanto ele lentamente abria caminho dentro dela.

"Nem muito grande, nem muito pequeno," ela brincou, embora a sua voz soasse tensa.

"Oh sim, é um bom ajuste," ele gemeu.

Um parceiro generoso faz tanta diferença, Baylee pensou num pequeno canto da sua mente que ainda funcionava, mais ou menos, normalmente. Embora Blake não tivesse sido deliberadamente cruel, o seu objetivo sempre foi o seu próprio prazer e isso por vezes significava apressar o processo, tornando-o menos prazeroso para ela. Não era assim com Chase. Estava claro que *o prazer dela* era o seu objetivo e ele preparou-a com tanta habilidade. O seu sexo apertado cedeu à penetração dele, enviando choques de deliciosas sensações, irradiando-se para as pontas dos dedos, as solas dos pés e o couro cabeludo, até que cada parte dela respondeu à sua unidade. *Eu poderia amar este homem. Seria fácil. Não, não poderia. Eu vou amá-lo.* Os braços dela deslizaram pelas suas costas, agarrando-o com força enquanto ele iniciava um ritmo constante de avanço e recuo que provocava e despertava terminações nervosas adormecidas no fundo do seu núcleo.

"Beija-me, Chase," ela implorou. "Estou prestes a… ah! Ah!"

O seu corpo se contorceu. Ele cobriu a sua boca para contê-la novamente, mantendo-se imóvel contra o aperto interno. Então ele agarrou nos seus quadris e tratou-a com três empurrões afiados antes que o seu próprio orgasmo o fizesse gemer na boca dela.

No rescaldo do doce amor, Baylee sentiu-se totalmente mole. Chase moveu-se algumas vezes, rolando para a beira da cama e depois de volta, mas ela nem sequer tentou entender o que ele fazia. Os seus braços a envolveram. Ela acomodou-se de lado, de costas para o peito dele novamente. No seu estado de relaxamento completo, o sono alcançou-a antes mesmo de ela perceber que estava sonolenta.

~

Todas as manhãs que Baylee acordava na casa de Chase e não no banco da igreja, ela sentia uma sensação de intensa gratidão. Há muito que se tornou um hábito começar cada dia com uma breve oração de agradecimento. Mas quando Baylee acordou na manhã seguinte ao casamento, ela sentiu-se ainda melhor. Calor e paz encheram todo o seu ser. Ela estava aninhada nos braços mais fortes e amorosos que ela já havia imaginado. A respiração quente como a própria vida humedeceu a sua nuca. O seu corpo encaixou-se como uma luva na curva de Chase. Ela não sofreu confusão, nenhuma sensação de se perguntar onde estava. *É como se este quarto, esta situação, fosse minha durante toda a minha vida. Como se estes braços tivessem sido feitos para me segurar.* Ela aconchegou-se um pouco mais perto de Chase. Ela não sabia o que todo o casamento deles traria, mas não parecia importar agora. Tudo o que importava era estar o mais perto possível de Chase. Ele mexeu-se e ela sorriu ao sentir os seus lábios tocarem o seu rosto.

"Bom dia, Bay," disse ele, com a voz grave.

"Bom dia," respondeu ela, um pouco timidamente. Embora a

sua noite de núpcias tivesse sido adorável, na luz fria do dia, a memória ainda demoraria um pouco para se acostumar.

Mas dormir nos braços de Chase... isso não exigia nenhum ajuste. Parecia perfeito. *E este é o teu novo normal, Baylee. Este é o teu futuro.* Uma bolha de esperança cresceu dentro dela.

Os lábios dele tocaram a sua nuca com terna doçura. Ela sorriu. *Ser estimada é muito bom.*

"Mamã!" Uma vozinha chamou, cortando a névoa de prazer sonolento. Atirando-se secamente, ela virou-se para dar um beijo suave na bochecha barbuda de Chase e levantou-se, colocando o pijama rapidamente e correndo para o quarto do filho.

Os lençóis da cama de Dylan agora exibiam aviões vermelhos sorridentes e as cortinas penduradas nas persianas combinavam. Foi o melhor quarto que ele já teve. Em cima da cómoda, três caixas de aeromodelismo aguardavam para serem montadas. Chase havia prometido a Dylan que trabalhariam neles juntos e os pendurariam no teto. *É seguro presumir que o Dylan está tão apaixonado pelo seu padrasto quanto eu.* Ela sorriu e deitou-se na beira da cama ao lado do filho.

"Bom dia, bom dia, bom dia!" Ela cantou.

Dylan mostrou a língua e depois desmanchou-se em risadas indefesas.

"Vamos lá, tolinho," disse Baylee, rindo também. "O que queres para o pequeno-almoço?"

"Panquecas!" Dylan sugeriu, aplaudindo o aceno da sua mãe. Baylee pegou no filho ao colo e carregou-o escada abaixo. Dylan correu para a televisão, que já havia aprendido a operar, em busca do Poupas, depois acomodou-se no sofá, polegar na boca. Baylee não pôde deixar de sorrir enquanto media a farinha, o fermento, o bicarbonato de sódio e o sal numa tigela. *Tudo parece estar a encaixar-se. É sábado de manhã, a criança vê televisão. A mãe faz o pequeno-almoço...*

Um barulho repentino a alertou da presença do marido. Como ela suspeitava, ele estava sonolento a colocar café em pó num filtro de papel.

"Eu posso fazer isso," ela ofereceu, sentindo-se extremamente doméstica.

"Não, obrigado," respondeu ele. "Sou muito exigente com o café, por isso é justo que eu mesmo o faça."

Ele tem o direito de ser. Ela pensou para si mesma. *É a cozinha dele.* Então ela lembrou a si mesma que já não era uma hóspede a dormir em casa dele. *Esta é a nossa casa agora, o nosso espaço familiar e ele está mais que ansioso para compartilhá-lo connosco.* Voltando ao trabalho que estava a fazer, que agora crescera para incluir um copo medidor enorme cheio de leitelho, ovos e óleo, ela agarrou o marido pela camisa e puxou-o para um abraço apertado, plantando deliberadamente a mão farinhenta na camisola cinzenta que ele vestia. *Pergunto-me quanto tempo vai demorar para ele perceber.*

Ele abraçou-a de volta e deu um beijo na sua testa antes que cada um retornasse às suas tarefas. Apesar do trabalho, das tarefas domésticas e de alguns ajustes necessários, Baylee suspeitou que seria um belo fim de semana.

CAPÍTULO 10

A campainha da casa tocou. Baylee, que esperava pelo momento numa ansiedade de roer as unhas, saltou do sofá e abriu a maçaneta francesa curva para revelar uma mulher de cabelo prateado numa saia longa e blusa de mangas curtas. Asas de carne incharam sob o tecido, mas o sorriso no seu rosto rechonchudo parecia gentil.

"Você é do CPS?" Baylee perguntou, a sua voz pouco firme.

"Sim, minha querida," respondeu a mulher. "Chamo-me Rhonda Dulworth. Por favor, não fique nervosa. Não vim para levar o seu filho, apenas para ter certeza de que ele mora numa boa casa. Tenho a certeza de que pode concordar que é uma meta digna. Posso entrar?"

Baylee acenou com a cabeça e deu um passo para o lado para permitir a entrada da mulher. Depois de um momento, a sua garganta finalmente se soltou o suficiente para ela grunhir. "Quer um pouco de chá?"

"Ora, sim, minha querida. Isso seria ótimo."

"Por aqui," Baylee pediu, levando a mulher para a cozinha. A Sra. Dulworth empoleirou-se na cadeira indicada por Baylee e recebeu um grande copo de chá fortemente gelado, misturando o açúcar e engolindo um grande gole.

"Ah," ela suspirou. "Que refrescante. Está tão quente lá fora, nem parece outono. Então, como vão as coisas?"

"Está tudo bem," respondeu Baylee, com voz firme.

"Sabe porque estou aqui?" A Sra. Dulworth perguntou e então apressou-se sem esperar por uma resposta. "Quando o CPS recebe uma ligação de suspeita de negligência, somos obrigados a fazer o acompanhamento. Na maioria das vezes, prova não ser nada, mas não ousamos supor isso. Entende?"

Baylee assentiu com a cabeça.

"Agora, ao invés de deixá-la nervosa com uma lista de verificação, eu gostaria que me contasse sobre a sua vida e me mostrasse a sua casa. Preencherei a papelada mais tarde. E não se preocupe se algo estiver abaixo do ideal. Nós sugeriríamos aulas para pais antes da remoção, a menos que houvesse abuso, claro."

Baylee acenou com a cabeça novamente. Ela tentou tomar um gole do chá, mas acabou a sugá-lo pela traqueia. Tossindo, ela enxugou os olhos lacrimejantes e afastou-se da mulher. *Mau o suficiente para se engasgar como uma idiota, mas não dês um banho também no funcionário do CPS.*

Baylee pegou num guardanapo e pressionou-o contra os lábios.

"Sente-se bem?" A Sra. Dulworth perguntou, uma vez que o espasmo diminuiu um pouco.

"Sim," Baylee ofegou. "Eu estou bem. Desculpe."

"Está tudo bem." A mulher deu uma palmadinha nas costas dela. "Sei que dizer-lhe para não ficar nervosa não ajuda muito. Vamos lá, então?"

Baylee assentiu com a cabeça.

"Então, esta é uma bela casa. Suponho que não esteja aqui há muito tempo. Tenho o seu endereço anterior. É decente, mas nada como esta."

"Sim," respondeu Baylee. "Eu... bem, casei-me recentemente. Com toda a empolgação, não consegui mudar o meu endereço oficialmente." *Não era nenhuma mentira. Casei-me recentemente. Passei por muita agitação e não mudei o meu endereço imediatamente.*

Ela virou-se para a Sra. Dulworth, que a olhava com uma expressão afiada, mas não hostil. "Parabéns," a mulher disse suavemente. Se ela percebeu alguns dos buracos na história de Baylee, ela não deu nenhum sinal. "Trabalha, querida?"

"Sim, senhora," respondeu Baylee. "Sou gerente de turno na livraria. Também trabalho em part-time como guardiã da minha igreja em troca da creche."

"Então, você é um membro da igreja?" Baylee quase que podia ver as informações a entrar nos bancos de memória desta mulher.

"Sim," respondeu Baylee. "Sempre fui. A minha família frequenta o Calvário Metodista. Sou membro há quatro anos. Raramente perdemos um serviço."

O rosto da mulher suavizou-se um pouco.

"E o seu marido, o que é que ele faz?" A Sra. Dulworth continuou.

"Ele é o gerente do The Music Room. Já ouviu falar?"

Pelo aperto dos lábios da mulher, ficou claro que ela já ouvira falar e não aprovava exatamente. "Ele trabalha à noite e você durante o dia?"

Baylee assentiu com a cabeça. "Não é o ideal, mas às vezes é assim. Gostaria de ver o lugar?"

"Sim," disse a Sra. Dulworth, levantando-se da cadeira. Gemeu um pouco como se estivesse aliviada. "Vi a grande sala e a cozinha. O que mais há no andar principal?"

Baylee indicou uma pequena porta debaixo da escada. "Uma casa de banho. Mais nada. Está pronta para subir?" Era uma preocupação válida. Quando a mulher se levantou, o seu joelho esquerdo deu um estalo poderoso.

"Sim, claro," concordou a Sra. Dulworth, como se a perspetiva de arrastar o seu corpo escada acima não a preocupasse nem um pouco. "É onde a criança está?"

Baylee assentiu com a cabeça. "O Dylan está a dormir.

Venha." Ela liderou o caminho, passando pela ilha de granito que separava o espaço da cozinha da sala de estar. As duas mulheres subiram lentamente a escada de carpete para o segundo andar. A Sra. Dulworth olhou para a sala familiar mais bagunçada sem o menor sinal de expressão.

"Este é o meu quarto," disse Baylee, indicando uma porta aberta. A agente do CPS olhou para a cama bem-feita e deu de ombros, avançando. Baylee baixou a voz para um sussurro enquanto abria a porta do segundo quarto. "Este é o do Dylan."

Desta vez, quando a mulher considerou o espaço, ela sorriu com a visão. Baylee espiou ao passar por ela e o seu próprio coração derreteu. Dylan parecia totalmente relaxado, o seu cabelo dourado desgrenhado contra a fronha coberta de um avião, o edredão azul-escuro sob o queixo. O seu polegar estava preso na boca.

A Sra. Dulworth fez um gesto para Baylee e as duas retiraram-se, voltando para a sala de estar e sentando-se no sofá.

"Tem um filho adorável," a mulher começou por dizer.

Baylee sorriu. "Obrigada. Também acho que sim."

"Deve ter sido difícil cuidar dele sozinha todos estes anos."

Baylee fechou os olhos e baixou a cabeça. "Não vou mentir. Por vezes me perguntava se iria conseguir."

"Eu sei," respondeu a Sra. Dulworth. "Também fui mãe solteira. Sei como é difícil. Estou surpresa de que nunca tenha pedido ajuda ao pai ou aos avós dele."

Os olhos de Baylee se abriram, as suas sobrancelhas se unindo involuntariamente enquanto ela considerava o seu companheiro. "O pai do Dylan está na prisão," disse ela sem rodeios. "Posse de drogas com intenção."

O rosto da Sra. Dulworth assumiu um aspeto intrigado, seguido por um arregalar de olhos e um afrouxamento da mandíbula. Por fim ela falou: "É compreensível. Bem, Sra..."

"Milligan," Baylee respondeu, as suas bochechas a aquecer com prazer ao usar o nome do seu marido.

"Sra. Milligan. Obrigada por receber-me na sua casa. Assim

que eu tiver oportunidade de falar com o seu filho, terei todas as informações de que necessito para preencher o relatório."

Como se fosse uma deixa, Dylan desceu as escadas, a sua almofada de estimação desajeitada a arrastar no chão atrás dele. *Aquele pequeno zangão parece um pouco sujo. É melhor atirá-lo para a máquina de lavar roupa!*

"Mamã, posso fazer um lanche?" A criança perguntou sem preâmbulos. Depois apercebeu-se da estranha na sua cozinha e afundou-se ao lado da mãe, escondendo o rosto na sua camisa.

"Claro que sim, querido," disse ela. "Dylan, esta é a Sra. Dulworth."

Dylan espiou a mulher... e depois escondeu novamente o rosto.

"Dylan," Baylee insistiu. Arrastando os pés, Dylan estendeu a mão, murmurando "Prazer em conhecê-la, senhora," sem levantar o rosto.

A Sra. Dulworth riu. "Também não gosto de falar quando acordo," disse ela.

Dylan arriscou outro olhar.

A Sra. Dulworth estendeu a mão e, para espanto de Baylee, o seu filho a segurou e deixou que ela o levasse até ao seu joelho rechonchudo.

"Agora, mãe, vá buscar um bom lanche para este jovem, por favor. Ele e eu podemos tornar-nos amigos enquanto esperamos."

Baylee levantou-se e entrou na cozinha, escutando descaradamente.

"Bem, meu jovem... Dylan, não é? Como é que vocês estão? Não sejas tímido, querido. Eu preciso de saber que estás bem."

"Estou bem," respondeu ele numa voz quase baixa demais para ser ouvido da cozinha.

"Estou muito feliz em ouvir isso," respondeu a Sra. Dulworth. "Gostas de viver aqui?"

"Uh huh," disse Dylan, um pouco mais entusiasticamente. "A minha mamã está aqui e nós brincamos no parque e vemos o Poupas. E o Chase está aqui. Ele é meu amigo. Nós jogamos."

"Jogam?" *Maldita mulher e a sua mente suspeita. Dá para perceber pelo tom de voz dela. Eu sei do que ela suspeita.* "A que jogam?"

"Jogamos ao avião!" O menino entusiasmou-se. "Ele ergue-me bem alto! É assustador." Ele deu uma risada. "E vamos construir alguns aviões. O Chase disse que podemos pendurá-los no teto."

"Parece divertido," disse a mulher.

"Uh huh. Muito divertido. Quando o Chase me leva ao parque com a mamã, ele empurra o baloiço MUITO alto!"

"Isso é assustador?" A Sra. Dulworth questionou.

"Nuh-uh," desmentiu Dylan. "Eu seguro-me bem forte."

Baylee trouxe uma tigela de laranjas cortadas e colocou-as na mesa de centro à frente do filho. Ele gritou ao ver o lanche e abandonou a Sra. Dulworth em favor da sua fruta favorita.

"Bem," a Sra. Dulworth disse, enviando um sorriso indulgente para Dylan, "acho que tenho tudo o que preciso. Ligo-lhe se tiver outras perguntas."

Baylee queria perguntar à mulher qual é que ela achava que seria o resultado, mas não se atreveu. *Aposto que ela não responderia de qualquer maneira.*

Ela levantou-se e acompanhou a sua visita até à porta antes de retornar à cozinha para começar a fazer o jantar. As suas mãos pareciam instáveis, a sua mente confusa enquanto cortava vegetais para a salada. Mas ela ainda lutou. *Controla-te, Baylee. Não podes desmoronar agora.*

CAPÍTULO 11

"De pé," entoou o oficial de justiça idoso. "O honorável juiz Marlow Jones preside agora."

Chase levantou-se. Odiava estar nesta sala. Trouxe-lhe à mente as piores memórias. A mão de Baylee apertou a dele, lembrando-o porque é que ele estava aqui. Desta vez, o seu comparecimento ao tribunal tinha pouco a ver com ele e tudo a ver com a sua adorável e frágil esposa e o seu filho. Ele encontrou o olhar dela, viu as sombras profundas abaixo dos seus lindos olhos castanhos, os lábios irregulares de mastigação nervosa. *Vai ficar tudo bem,* ele encorajou-a com uma expressão intensa. *O dinheiro que aquelas pessoas têm não prevalecerá. Tu amas o Dylan, és uma boa mãe e proporcionaste-lhe um lar perfeitamente aceitável. Não há motivo para o tribunal afastá-lo de ti e eles não o farão.*

Os seus olhos patinaram para longe dos dela para o outro lado da sala, onde os Rockwell estavam, snobemente vestidos com fatos de marca e usando cortes de cabelo caros. Mesmo que ele não soubesse que tentavam retirar uma criança de uma mãe amorosa por nenhuma outra razão além do egoísmo, ainda assim teriam parecido frios e hostis para Chase.

Eles retomaram os seus assentos um momento depois e o juiz

começou a entoar numa voz solene. Chase não prestou atenção. O seu foco permaneceu fixo em Baylee. Apesar de parecer um pouco estúpido, ele tentou visualizar o envio de energia de si mesmo para ela, fluindo pelos seus dedos entrelaçados. Este exercício parecia não surtir efeito, então ele orou. *Tenho orado mais desde que conheci esta mulher do que no resto da minha vida adulta*. E talvez isso não fosse uma coisa má.

Baylee puxou os seus dedos, pedindo-lhe que se levantasse.

"O que aconteceu?" Ele murmurou para ela.

Ao redor deles, a sala do tribunal fervilhava de pessoas a levantar-se e a circular.

"O juiz pediu que encerrássemos a sessão nos seus aposentos," respondeu Baylee, em voz baixa.

Chase seguiu-a rigidamente, sem saber o que significava esta reviravolta nos acontecimentos. Os aposentos não passavam de uma pequena sala com carpete industrial castanha e uma grande mesa de conferências. Todos se sentaram. De um lado, Baylee e Chase foram acompanhados pelo advogado de Bay, um homem de aparência enfadonha de cerca de cinquenta anos. Por outro lado, os Rockwells com roupas exageradas tinham o seu próprio conselho, um homem tão rígido que Chase poderia jurar que havia passado a sua espinha a ferro. Mais abaixo na mesa, uma mulher rechonchuda que Baylee sussurrou ser a agente do CPS que a entrevistou, empoleirada na beirada de uma cadeira de escritório com rodinhas.

Fora do tribunal, o juiz era um tipo bastante relaxado, Chase percebeu, já que as primeiras palavras da sua boca foram: "Bem, pessoal, posso ver que há muitos ressentimentos aqui. Eu entendo. Mas todos nós precisamos concordar sobre uma coisa; o nosso único objetivo aqui hoje é determinar o que é melhor para os interesses da criança."

Baylee acenou com a cabeça em concordância, Chase viu com a sua visão periférica, mas os dedos presos na sua mão ameaçaram interromper a circulação.

Sem esperar, o advogado dos Rockwell interveio, apontando

um dedo acusador na direção de Baylee e dizendo: "Claro, meritíssimo. Os meus clientes acreditam ser do interesse da criança ter contacto com a sua família extensa. Contacto que *esta mulher* tentou negar. É pedir muito que os avós tenham tempo para estar com o neto?"

Baylee pestanejou com as suas palavras duras. Depois endireitou-se, respirou fundo e disse: "Meritíssimo, eu nunca ouvi as palavras 'passar tempo' da parte destas pessoas. Se eles me tivessem ligado ou enviado uma carta a pedir para visitar o Dylan, eu teria concordado. Eles não o fizeram. A única comunicação que recebi deles foi uma carta a exigir que lhes entregasse a custódia imediatamente. A carta concedeu-me direitos de visita ao meu próprio filho. Achei isso inaceitável."

O juiz baixou as sobrancelhas. O seu olhar voou dos Rockwell para Baylee e vice-versa.

"Posso ver essa carta?" Perguntou ele.

"Sim, meritíssimo," respondeu o advogado de Baylee, apresentando uma capa de plástico para documentos e levando-a até à cabeceira da mesa.

O juiz examinou o papel.

"Posso ver porque é que isto a aborreceu, senhora," disse ele a Baylee. Ela baixou o queixo em reconhecimento. "O que fez quando a recebeu?"

Ela pestanejou. "Consultei um advogado," respondeu ela, indicando o seu conselho. "Não sei como lidar com estas coisas. Eles também chamaram a proteção de menores. Meritíssimo, eles não sabem absolutamente nada sobre a minha vida. Que razão poderiam ter para pensar que não forneço um lar adequado para o meu filho?"

"Talvez o facto de você ser uma traficante condenada?" O advogado adversário zombou.

Baylee respirou fundo. Chase virou-se para ver que o rosto dela estava mortalmente pálido.

"Não sou nada," ela sussurrou asperamente, mas o seu lábio tremia.

"Você foi expulsa da faculdade pelo crime," ele respondeu, o seu tom, se possível, ainda mais sarcástico do que antes. Chase notou que os rostos dos Rockwell assumiram expressões presunçosas. *Ah, claro,* ele pensou, revirando os olhos. *Pelo que sei* o seu filho é *que era o traficante.*

O advogado de Baylee assumiu o comando novamente. "Meritíssimo, ele está a exagerar. Se pudesse, por favor, ver este relatório policial, verá que a Sra. Milligan foi inocentada de todas as acusações naquele caso. Quanto à sua expulsão, a Sra. Milligan frequentou uma universidade particular, cujas regras eram muito mais rígidas do que as leis do estado do Texas. É perfeitamente possível ser retirado do registo de lá por ações que não violem a lei estadual."

A palidez de Baylee transformou-se num rubor de fogo. Chase percebeu de repente porque ela foi realmente expulsa. O Sexo, não as drogas, encerrou o seu ciclo de estudos. O juiz examinou o seu rosto, mas absteve-se de fazer qualquer pergunta sobre o assunto.

"Meritíssimo," ela disse suavemente, "Eu juro, por tudo o que é de mais sagrado, que nunca usei drogas ilegais na minha vida." Ela deu aos Rockwell um olhar severo, lembrando-os de quem era o usuário de drogas. Ambos desviaram o olhar.

"Você não tem nenhuma evidência," respondeu ele suavemente e então suspirou. Claramente, ele achou estes procedimentos desagradáveis. "Não vou tirar uma criança da sua mãe porque ela foi acusada de um crime antes de ele nascer, principalmente se as acusações foram retiradas. Chamá-la de traficante condenada foi um exagero grosseiro, Sr. Bennnett. Não tolerei mais a sua hipérbole. Limite-se aos factos, por favor."

O advogado adversário fechou a boca com um estalo.

"A última pergunta," continuou o juiz, "é se a Sra. Milligan proporciona ao seu filho um ambiente de vida adequado. Sra. Dulworth, você examinou a casa dos Milligan. Qual é a sua opinião?"

A Sra. Dulworth remexeu nos seus papéis e respirou fundo.

"Meritíssimo, fiz um exame completo da casa dos Milligan e entrevistei as partes relevantes," a mulher começou por dizer. A mão de Baylee apertou ainda mais a de Chase. *Aquela mulher,* ele pensou. *Ela é tão difícil de ler. Não admira que ela deixe a Bay nervosa. Depois que ela me entrevistou por telefone, eu ainda não fazia ideia de quais eram os seus pensamentos.*

A sua voz caiu a uma profundidade impressionante. "Achei a casa limpa, bem decorada e bem equipada. É o tamanho adequado para uma família de três pessoas. A criança tem o seu próprio quarto, bem mobilado e bem decorado. Ele tem brinquedos e livros apropriados para a idade. A cozinha estava abastecida com alimentos saudáveis e ele parecia estar acostumado a comer lanches nutritivos. Ele não mostra sinais de abuso ou negligência. Parece ter um relacionamento agradável com o padrasto, que demonstrou preocupação apropriada com o menino. Há bastante renda para sustentar uma criança. Por outro lado, o Dylan frequenta a creche enquanto a mãe trabalha. Embora não seja ideal, isso é bastante comum e não é motivo para remoção. Na verdade, não encontrei nenhum fundamento para justificar qualquer intervenção na família Milligan. É minha convicção que remover o Dylan de uma família amorosa por uma família mais rica faria um dano irreparável à criança e não traria nenhum benefício notável."

Tendo dito a sua parte, a Sra. Dulworth recostou-se na cadeira. A respiração de Baylee escapou num ruído barulhento.

"Eu concordo," o juiz concordou. Depois virou-se para os avós de Dylan. "Que vergonha, vocês dois, a tentar tirar uma criança da sua mãe. A Sra. Milligan teria permitido que visitassem o menino, como qualquer avô faria, mas agora, eu ficaria surpreso se ela quisesse ter mais alguma coisa a ver convosco. Vocês separaram-se do vosso neto sem qualquer razão válida. Este caso está encerrado."

Atirando olhares maldosos para o juiz, a oposição contrariada esgueirou-se para a porta e saiu da sala. Dando de ombros, Chase virou-se para a sua mulher. Os seus olhos estavam fechados com força, mas um brilho suspeito no canto de um deles combinava com uma trilha brilhante na sua bochecha oposta. Ele levantou-se e envolveu-a nos seus braços. "Está tudo bem, Bay," ele murmurou no seu cabelo. "Acabou. Eles perderam. Eles não nos podem tirar o Dylan. Está tudo bem agora."

"Lamento que tenham que passar por isto," o juiz disse suavemente, levantando-se e dando uma palmadinha no ombro de Baylee. Ela virou a cabeça e encontrou os seus olhos. "Cuidem-se."

"Obrigado, senhor," respondeu ela com voz hesitante.

"Cuide bem dela, Milligan," Jones disse. "Esta pobre senhora passou pelo inferno."

"Eu sei, senhor," Chase respondeu. "Eu sei. Tenho toda a intenção de tornar o resto da sua vida um paraíso absoluto."

Ele beijou a sua bochecha, com ou sem audiência. O juiz sorriu indulgentemente para eles e depois saiu da pequena sala. A Sra. Dulworth há muito que já havia partido, deixando os Milligan sozinhos.

"Chase?" Os olhos vermelhos e nadadores de Baylee encontraram os dele com um golpe como um comboio.

"O que foi, Bay?"

"Tu..." ela parou, quebrando o contacto visual ao mesmo tempo.

"Eu o quê, querida?"

Ela fortaleceu-se visivelmente, saindo do seu abraço. Os seus braços pareciam vazios sem o calor do corpo dela. "Queres o divórcio?"

Chase pestanejou. O seu rosto se contorceu para refletir a raiva confusa que de repente cresceu dentro dele. "Nem pensar," respondeu ele asperamente. "Bay, eu já me divorciei uma vez. Detestei. Nunca mais quero passar por isso. Por favor, diz-me que não te casaste comigo apenas por isto!" As suas entranhas deram um nó e torceram até que ele temeu que fosse vomitar. *Outra vez, não. A Baylee não. Eu não consigo fazer isto outra vez!*

Os dentes de Baylee cerraram-se com força no seu lábio. Ele meio que esperava ver sangue a qualquer momento. "Chase?"

Ela parece tão hesitante. Quem me dera saber o que ela pensa. "O que foi, Bay?"

"Porque não queres o divórcio? Eu pensei..."

A raiva de Chase morreu. *Isto não é sobre mim. O seu coração ainda está inseguro. E ainda assim, ela pode prejudicar tudo o que começámos a construir.* Ele interrompeu-a com um dedo nos seus lábios. "Pensaste mal," ele disse-lhe suavemente. "Eu não quero o divórcio. Nunca o quis. Aqueles votos foram sinceros, Bay. Cada palavra. Não casei contigo para que os malditos dos avós do Dylan te deixassem em paz. Casei-me contigo porque te quero na minha vida todos os dias, pelo resto das nossas vidas. Quero-te como minha mulher. Pensei que soubesses isso." Ele inalou lentamente. "O que queres tu, Bay?" Ele perguntou, amaldiçoando-se internamente ao som hesitante da sua própria voz. *Que par que nós somos.*

"Eu..." a sua voz falhou. Ela lançou-se novamente nos braços dele. Sem um pensamento consciente, ele abraçou-a. *Se ela ainda me procura para a confortar, a esperança não está perdida.* Ele acariciou o cabelo dela, as ondas a esticar-se enquanto os seus dedos se arrastavam por elas.

"Diz-me que não queres ir embora, Bay," sussurrou ele. "Diz-me que vais ficar comigo, tu e o Dylan. Por favor, querida. Não me deixes."

"Eu não vou embora," ela murmurou no seu ombro.

"Prometes?"

Ela ergueu a cabeça. "Prometo." Baylee respirou fundo, estremecendo, o que mudou para um suspiro aguado quando Chase capturou os seus lábios novamente. Desta vez, houve mais mestria do que mansidão no beijo ardente. Ele tomou posse da sua boca, conduzindo a sua língua profundamente, chupando o seu lábio mordido, afastando-se para uma rápida olhadela ao seu rosto e então mergulhando novamente.

Por fim, ela colocou a mão no seu peito. "Chase, ainda estamos na sala do juiz. Este não é o lugar certo."

Chase rosnou de frustração, o desejo acendendo-se num calor doloroso.

"Sim, eu sei, querido. Também sinto o mesmo. Talvez devêssemos ir para casa?"

Chase engoliu o seu desejo selvagem. "Ok. Quando temos que ir buscar o Dylan?"

"Não temos," ela respondeu. "A Shelby disse que passaria pela creche hoje a caminho de ir buscar os meninos e levá-los para jantar fora, lembraste? Acho que temos..." ela olhou para o relógio, "cerca de quatro horas até chegarem a casa."

CAPÍTULO 12

Dias e semanas se passaram. Baylee renunciou ao cargo de guardiã da igreja, abrindo caminho para um homem com deficiência mental da escola estadual. Também reduziu o seu horário na livraria, já que o dinheiro já não era um problema. Agora ela só trabalhava à tarde e passava as manhãs a brincar às casinhas com o marido e desfrutando do facto de ter mais tempo para passar com o filho. A vida parecia tão perfeita, tão feliz, que ela quase não acreditou.

Certa manhã, Chase olhou-a nos olhos à mesa do pequeno-almoço. O seu olhar aquecido ainda a fazia corar, mas era um bom rubor, que lembrava a sua paixão exuberante e suada na noite anterior.

"Sabes uma coisa?" Ele perguntou indiferente.

Ela respondeu com uma expressão questionadora.

"Eu acho que tu e a Shelby deveriam ir ao shopping comprar algumas roupas novas. Se não me engano, estás com falta de cuecas."

Com a palavra, as bochechas de Baylee ficaram ainda mais rosadas. *Isso é porque arrancaste o meu último par, seu idiota.* Mas a risada de Dylan com a menção da roupa íntima da sua mãe a lembrou de ser discreta.

"E o Dylan?" Ela perguntou.

"Ele e eu podemos sair hoje," Chase respondeu. "Importaste, Bay? Ainda temos de montar aqueles modelos de aviões."

Baylee hesitou. Enquanto o seu coração apertava com a ideia de se separar do seu filho, seria bom sair de vez em quando também. E Deus sabia, Chase tinha sido incrível com Dylan, que absorveu a atenção masculina com grande entusiasmo. Ela mordeu o lábio.

"Ok," concordou finalmente. "Vocês os dois têm algum tempo de rapazes esta tarde. Obrigado, Chase."

"Na boa," respondeu ele, como se passar tempo com o filho dela com outro homem fosse a coisa mais natural do mundo para ele querer fazer. Eles cumprimentaram-se mutuamente por causa dos seus Cheerios e Baylee não pôde deixar de sorrir. *Bem, afinal, o Chase vai ser o mais parecido com um pai para o Dylan, então é uma sorte que ele queira o emprego.*

Então Chase voltou-se para ela e falou novamente: "Baylee, quero que sejas feliz, que tenhas uma vida boa. Comprar é apenas uma pequena parte disso. Anda cá, querida."

Baylee colocou o seu copo de sumo de laranja ao lado da pia e foi até ao marido, que a puxou para o seu colo. Eles beijaram-se uma vez e então ele disse: "Eu quero saber o que queres da vida, Baylee, agora que já não estás a lutar a toda a hora. Estive a pensar sobre isso e quero saber o que te deixaria feliz. Que sonhos queres realizar? Queres tentar terminar a faculdade?"

Baylee pestanejou. "Não posso. Fui expulsa, lembras-te?"

Um canto da boca de Chase curvou-se, fazendo a sua bochecha formar uma covinha charmosa. "Eu sei, querida, mas quem é que disse que tens que voltar para aquela faculdade? Existem várias universidades estaduais aqui em Dallas que se estão a lixar para o facto de teres engravidado. Eles só olham para as tuas notas. Até a SMU valeria a pena dar uma vista de olhos. Quer dizer, agora és uma mulher casada. O teu passado só te diz respeito a ti, e ninguém se importa."

Baylee sorriu. *Que bom ser capaz de desfrutar de uma relação sexual atarefada e satisfatória em total segurança.* A paixão de Chase agradou-a de maneiras que ela nunca sonhou ser possível e ela não queria nada mais do que aproveitar cada momento. Então ela entendeu a verdade por trás do que ele estava a dizer. *Não tenho que viver o resto da minha vida como a miúda que foi expulsa da faculdade. Eu podia acabar o meu curso. Ser licenciada. Arranjar um emprego melhor.* Aquele pensamento agradável deixou-a sem fôlego, mas na excitação da sua inesperada felicidade, outra realização ainda mais poderosa se intrometeu. "Chase, eu pensei..." ela parou, repentinamente tímida.

"Pensaste o quê, querida?" Àquela distância, os lindos olhos verdes dele e as suas feições robustas, salpicadas com uma barba ruiva, chamaram a sua atenção. Ela beijou-o novamente. Ele inclinou-se brevemente, depois soltou-a e repetiu a pergunta. "O que estavas a pensar, docinho?"

"Pensava que podias querer um bebé em breve," ela respondeu suavemente. Os braços de Chase se apertaram ao redor dela.

"Amo-te, Baylee," disse ele.

Baylee pestanejou, assustada com a admissão direta. *Que fofo.* Aquecida pelo marido, Baylee encostou a testa à dele.

"Isso é um sim?" Ela perguntou.

"É um sim, querida, mas não ainda. Vamos demorar um pouco para que todos se acomodem primeiro. Volta a perguntar-me para o ano."

Para o ano? Isso é perfeito. É uma boa ideia instalar-se.

Chase continuou a falar. "Mas a escola é algo que podias pesquisar. Aposto que tens de iniciar o processo agora se quiseres ser admitida no outono."

"Tens a resposta perfeita para tudo, não é, Chase?" Ela perguntou, arrastando os dedos sobre a barba ruiva e áspera nas bochechas dele.

"Não sei se tenho," respondeu ele. "Apenas digo o que penso. Se te parece bem, então somos ainda mais sortudos do que eu esperava."

"Atreve-te a esperar muito," respondeu ela, a felicidade a borbulhar, transformando-se numa apaixonante intensidade.

As mãos de Chase deixaram a sua cintura e ergueram-se para o rosto dela, segurando as suas bochechas e arrebatando a sua boca com um dos seus incríveis beijos.

"Ewwwww!" Dylan choramingou, quebrando o feitiço. "Mamã!"

"Desculpa," ela disse, corando.

"Não peças desculpa, Bay," Chase insistiu. "Ele precisa saber. As famílias constroem-se no amor."

Ela sorriu para ele e escorregou do seu colo para fazer o seu telefonema. Ele deu-lhe uma palmada no rabo em jeito de brincadeira e riu do olhar maligno que ela lançou na sua direção.

~

Baylee destrancou a porta da casa e entrou. Não havia sinal do marido nem do filho. Imaginando o que faziam, ela lutou contra dois sacos de plástico enormes ao entrar pela porta e trancou-a atrás de si, esgueirando-se pela escada acima.

Risadas infantis emanaram do quarto menor e Baylee teve um breve vislumbre de Chase de pé numa cadeira, a fazer… algo nas proximidades do teto. Não parando para refletir, ela correu para o seu próprio quarto, largando os sacos na cama. As roupas caíram como chuva no chão enquanto ela corria para o chuveiro.

Suspirando de alívio, enxaguou todos os pedaços de cabelo que faziam cócegas nos seus ombros e pescoço.

~

"Aqui tens, amigo." Chase pulou da cadeira e admirou o seu trabalho enquanto Dylan batia palmas e gritava. Três minúsculos modelos de aviões pendurados no teto, suspensos por uma linha de pesca quase invisível, como se estivessem realmente a voar. Embora tenha sido um desafio construí-los com Dylan a supervisionar cada etapa do processo e cotovelando ocasionalmente as peças, e enquanto o trem de aterragem do F15 havia-se perdido para sempre na grade de aquecimento, Chase gostou de demonstrar o seu amor de infância por modelos para o seu enteado. O miúdo, embora bem-cuidado, carecia claramente de um homem na sua vida para fazer coisas de homem. *Eu vou tratar disso.*

Os dois sorriram um para o outro. "O que achas, campeão? Será que a tua mãe vai gostar?"

"Sim," respondeu Dylan. "Ela gosta de tudo o que eu faço."

O sorriso de Chase alargou-se ainda mais.

Ele colocou o menino nos ombros para ter uma melhor visão dos três caças a jato pendurados. Dylan estendeu um dedo hesitante e traçou a superfície de metal esburacada de cada um.

Então Chase baixou o menino para o chão e deslizou a sua mão na de Dylan. Na sala ao lado, a água rugia.

"Parece que ela está em casa," comentou.

"Mamã!" Dylan fez um movimento como se fosse correr para a porta. Chase pegou-o pelos braços. As pernas do miúdo balançaram no ar como um personagem de desenhos animados apressando-se para lutar. Chase meio que esperava ver uma nuvem de poeira formar-se em torno dos seus pés.

"Acho que a mamã gostaria de terminar o banho em paz," disse Chase. "Não vamos incomodá-la ainda."

Ele colocou o miúdo no chão. Dylan ergueu o rosto e olhou para Chase de mau-humor.

"Eu sei," Chase disse, despenteando o cabelo do seu enteado. "Eu também senti a falta dela. Mas uma mãe maravilhosa como a tua não merece um banho de vez em quando?"

As sobrancelhas de Dylan se uniram e ele considerou a ideia revolucionária de que mãe era uma pessoa que poderia querer tomar banho sem que o seu filho pequeno a espiasse. Ele pestanejou algumas vezes. "Não está a dar os Power Rangers?"

"Vamos lá ver," Chase respondeu. "O que aconteceu à Rua Sésamo?"

Dylan virou a cabeça e apertou os seus grandes olhos castanhos - tão parecidos com os da sua mãe - para Chase. "O Jaelyn do infantário disse que a Rua Sésamo é para bebés. Que crianças grandes como nós deveríamos ver os Power Rangers."

Dylan arriscou outra espiadela em Chase com os olhos estreitos, como se perguntasse o que ele pensava.

"Bem," Chase comentou, fazendo uma grande demonstração de pensamento, "Eu não acho que a Rua Sésamo seja para bebés. Eu acho que o Poupas é muito engraçado. Mas os Power Rangers também são divertidos. Se quisesses ver os dois, eu nunca contaria a ninguém." Ele piscou os olhos ostensivamente.

Dylan deu uma risada e deixou-se ser levado escada abaixo.

A televisão naquela tarde não ofereceu nem os Power Rangers, nem a Rua Sésamo, mas Dylan contentou-se com um episódio de Clifford, o Grande Cão Vermelho, enquanto Chase lavava uma pequena pia cheia de pratos, esperando Baylee aparecer.

Vinte minutos depois, ainda não havia sinal dela, então Chase deixou Dylan à frente da TV e subiu as escadas para ver como estava a sua esposa.

Não conseguiu encontrar nenhuma evidência dela no quarto, exceto sacolas abandonadas da JC Penney, Banana Republic e Victoria's Secret. Chase sorriu, espiando para dentro da sacola e acenando com aprovação para os lindos conjuntos de cuecas e sutiãs de renda. *Ela não vai conseguir usar nada disto por muito tempo,* pensou. Em seguida, um som vindo da casa de banho o atraiu para olhar boquiaberto para a nova roupa interior dela. Ele cruzou o quarto e abriu a porta da casa de banho. O que ele viu fê-lo congelar. Em frente ao espelho, uma figura esbelta, vestida apenas com uma toalha, estava sobre o balcão, aplicando uma camada de rímel castanho-chocolate nos cílios de um olho. Uma sombra esmeralda e um risco castanho já decorado em ambos os lados. Mas foi o cabelo dela que prendeu a sua visão. O cabelo castanho ondulado de Baylee já não estava mais pendurado a metade das suas costas. Em vez disso, caracóis grossos saltaram em torno dos seus ombros, como um sorriso ao ganhar vida. O seu queixo caiu e uma exclamação suave escapou dele.

Ela virou-se e o seu lábio inferior encontrou o caminho para a boca. "Gostas?" Ela perguntou, pousando o rímel na bancada laminada preta e tocando numa mecha encaracolada, constrangida. "Sempre tive o cabelo assim, mas quando tudo ficou… uma loucura, deixei para lá. Se não gostares, vai voltar a crescer e…"

Ele interrompeu-a simplesmente cobrindo a sua boca com a dele. "Fizeste uma permanente?" Ele perguntou contra os lábios dela.

Ela afastou-se um pouco. "Não. Esta é a minha textura natural. Quando é comprido, fica um pouco mais liso devido ao peso."

Ele traçou uma espiral com a ponta do dedo. "Sempre te achei bonita, mas enganei-me."

O rosto dela contorceu-se enquanto ela digeria as suas palavras.

"És linda. Deslumbrante. Nem sequer consigo expressar o quanto me excitas, amor." Para provar, ele beijou-a novamente e outra vez.

A toalha cedeu facilmente a uma leve pressão dos dedos dele, acumulando-se em torno dos pés dela. Chase entregou-se a um longo olhar de cima a baixo ao seu corpo nu.

"Desejo-te," ele rosnou, batendo na barriga dela com a sua ereção coberta pelas calças de ganga. O rosto de Baylee suavizou-se numa mistura de rendição e desejo. Ela enfiou as mãos nos bolsos de trás dele e puxou-o contra ela. Ele cobriu-a de beijos.

Antes que pudessem fazer mais alguma travessura, um barulho de pequenos pés a subir as escadas e atravessando o tapete fez Baylee se contorcer do seu aperto com um suspiro e agarrar de forma selvagem na toalha. Mal conseguiu cobrir os seios antes de Dylan entrar no quarto.

"Mamã, porque estás a demorar tanto?" Ele exigiu saber, alheio ao seu estado de nudez desconfortável.

"Por nada, querido. Deixa-me só vestir-me e vou já."

"Ok. Anda, Chase!" Dylan agarrou na mão de Chase e arrastou-o para fora do quarto. "Eu quero que me fales outra vez dos meus aviões."

Chase lançou a Baylee um olhar indefeso através da porta.

"Mais tarde," ela prometeu, dando-lhe um sorriso de sereia. Ele arreganhou-se. *Bem podes apostar que continuamos isto mais tarde, querida,* ele pensou antes de seguir o seu enteado pelo corredor com um suspiro de deceção.

CAPÍTULO 13

À primeira vista, não parecia haver nada de particularmente notável no velho sedã enferrujado estacionado em frente à igreja metodista. Outros veículos velhos e degradados também sobrecarregavam o estacionamento, prontos para ir buscar as crianças ao fim de um longo dia de trabalho. Mas o carro e o seu motorista receberam alguns olhares interrogativos. Por um lado, o pequeno grupo que utilizava a creche conhecia-se na sua maior parte. Um estranho no meio deles merecia atenção. E que estranho.

Blake olhou pelo espelho retrovisor, passando a mão pela barba cor de areia no seu queixo. *Talvez devesse ter feito a barba, afinal.* Os seus olhos azuis gelados brilharam de volta para si, refletindo uma vida inteira de ódio, como chamas coloridas de centáureas. Uma voz pareceu soar na sua cabeça. *Porque estás com raiva, puto rico? Nasceste num berço de ouro...* Nadando em dinheiro, sim. Ficou preso na sua garganta até que não pudesse respirar nem apreciar as coisas boas que tinha nas suas mãos. Nenhuma quantidade de eletrónicos de última geração, roupas de marca ou carros desportivos sofisticados foi suficiente para engolir a angústia penetrante da desaprovação constante e interminável e do silêncio indiferente. *Se nada é bom o suficiente, porque se preocupar em tentar?* Então ele não o fez. Tomou comprimidos e erva para anestesiar a dor. A família que escolheu para substituir aqueles que nunca o quiseram. *E em que é que isso funcionou, idiota? Mandou-te para a prisão, onde...* a sua mente desviou-se. Não adianta pensar nisso. A questão era que ele tinha estado na prisão nos últimos quatro anos, sem nunca saber que a cabra da sua namorada tinha dado à luz o seu bebé. A memória do dia em que descobriu ainda parecia como um nó no estômago.

A sua mãe, vestida com umas calças caqui perfeitas, uma blusa branca reluzente e um cachecol tinha-se intrometido com as suas botas de salto alto, os seus passos tão arrogantes numa prisão como sempre foram num clube de campo. Sentada do outro lado da mesa, sem fazer nenhum esforço para tocá-lo, ela deixou claro para todos, inclusive para Blake, que estava apenas a cumprir o seu dever com o filho, nada mais. Ela nivelou um olhar frio para ele, a sua boca equilibrada na sua expressão azeda perpétua, como se um toque de limão permanecesse no interior dos seus lábios.

"Encontrei a tua antiga namorada ontem," disse ela com uma voz tão assustadoramente neutra que várias pessoas nas mesas ali próximas tremeram. "Creio que tens um filho. O menino que estava com ela parecia-se contigo naquela idade. Sabias alguma coisa sobre isso?"

Não sabia, claro. Não teve qualquer contacto com Baylee desde a sua sentença. Já fora mau o suficiente a cadela ter ido embora enquanto ele cumpria pena, embora, para ser justo, tinha que admitir que ela dizia a verdade quando disse que não sabia nada sobre o gangue... ou sobre as drogas. Mas pensar que ela lhe escondia o seu próprio filho? Isso não estava certo. E quando Sly o confirmou numa carta, Blake sabia o que tinha de fazer.

Ao seu redor, as pessoas começaram a sair dos carros e a dirigir-se às portas da frente, onde pequenos grupos de crianças foram agrupados por idade, cada um acompanhado por um professor.

Fora do veículo, as suas tatuagens visíveis e o estado irregular das suas roupas atraíram mais olhares. *É melhor ser rápido, Blade, antes que alguém suspeite.* Ele examinou as crianças. Um atraiu os seus olhos como um imã. Pequeno, jovem, mas muito parecido às suas próprias fotos da primária. *Este é o meu filho. Qual foi o nome que a Mãe disse? Dylan? Nome estúpido e feminino.*

"Dylan?" Ele chamou. A cabeça da criança girou, confirmando a sua identidade. Então o rostinho se contorceu em confusão. Blake ficou ainda com mais raiva. *Ele deveria conhecer-me, droga. Eu trato disso.*

"Desculpe, senhor", disse a jovem que fazia a guarda sobre as crianças. Ele olhou-a apreciativamente. Cabelo castanho comprido e uma figura esguia, um ar de inocência, mas um brilho nos olhos. *Era assim que a Baylee parecia quando nos conhecemos.* "Posso ajudá-lo? Você não está na lista de pessoas."

Ele estendeu uma folha de papel. "A mãe dele pediu-me para vir buscá-lo hoje."

Ela olhou para o papel e depois para ele. "E você é?" Ela perguntou, olhando para as suas tatuagens com dúvidas.

"Sou o pai dele," respondeu Blake.

A mulher entendeu. "É isso. Ouvi dizer que ela se casou. Então tudo bem."

Casada? A Baylee é casada? Merda. Blake não queria analisar porque é que aquilo o aborrecera. Eles passaram anos juntos.

Os seus olhos vaguearam novamente para o filho. A criança olhou para ele com uma expressão cautelosa, claramente sem entender o que acontecia.

"Vamos, Dylan," ele disse na sua voz mais gentil, aquela que não soava como duas pedras a roçar uma na outra... pelo menos não muito. "Vamos para casa."

~

Baylee saiu do escritório de recrutamento da faculdade com um peso na cabeça. O sol do início de novembro cegou-a e ela praguejou baixinho por ter deixado os óculos escuros na carrinha. Murmurando, chutou para o lado uma pilha de folhas soltas e abriu caminho por entre os carros estacionados no parque de estacionamento lotado em direção à carrinha de Chase.

"Um ano inteiro," ela murmurou baixinho. "Não acredito que estou a perder tanto. "E querem que retome o Accuplacer. Merda." *Vale mesmo a pena?* Perguntou uma vozinha na sua cabeça. *Queres mesmo retomar Álgebra, Filosofia, Introdução à Literatura E Espanhol Intermédio II? É muito terreno perdido.*

"Mas se não o fizer," ela lembrou-se da dúvida incómoda, "*todas as* minhas aulas serão perdidas. E ainda vou acabar em dois anos. Não é uma eternidade." Ela suspirou. O primeiro passo seria localizar os seus antigos livros de matemática e estudar. O exame Accuplacer não era nada de surpreendente. Alcançando a carrinha sob a sombra de um carvalho de cores brilhantes, ela franziu a testa em desânimo ao notar que cerca de cinquenta pássaros pareciam ter-se apoderado da tinta preta brilhante. Ela olhou para a trapalhada.

"Raios! Agora tenho que passar pelo lava-rápido antes de ir buscar o Dylan. Vou chegar tão tarde!"

Sem desperdiçar nem mais um minuto, ela saltou para o banco alto e enfiou a chave na ignição. O motor ganhou vida e Baylee cuidadosamente saiu da vaga antes de entrar na rua.

Embora os vermelhos e laranjas brilhantes do outono a distraíssem um pouco da sua agitação, ela não pôde deixar de se irritar com a sua situação frustrante.

"Acalma-te," lembrou a si mesma enquanto virava à direita no lava-rápido do supermercado e colocava moedas na ranhura. Uma rápida movimentação sob os tentáculos ensaboados removeu o pior da bagunça. Poderia limpar qualquer outra coisa mais tarde. *Eram cinco e um quarto com uma viagem de vinte minutos para apanhar Dylan.* "A Sra. Fields não vai ficar contente."

Com os olhos fixos na estrada, Baylee remexeu na bolsa até conseguir tirar o telemóvel. Ao travar no sinal vermelho, ela examinou o telefone. "Caraças! Tinhas que ficar sem bateria?" Enojada, deixou-o cair num suporte para bebidas acima do painel e voltou a sua atenção para a estrada. Não se atreveu a acelerar na pickup de Chase. Há muito tempo que não conduzia consistentemente e sentia-se um pouco trémula no enorme veículo. Mesmo assim, divertiu-se da melhor maneira possível, chegando à creche logo depois das 5:40.

Saltando da carrinha, ela correu lá para dentro e através do corredor foi para a sala de aula de Dylan, recitando a sua programação em voz baixa. "Do outro lado da cidade para o The Music Room para apanhar o Chase - durante a hora de ponta." Ela revirou os olhos. "Pergunto-me se tenho moedas suficientes para pagar a portagem. Preciso de falar com o Chase sobre como obter uma ViaVerde, apenas para emergências." Virando bruscamente pelo corredor com as marcas das mãos, ela lembrou a si mesma porque fazia toda aquela condução. "Para ir para San Antonio no fim de semana. Six Flags e o Alamo. Mal posso esperar!"

A empolgação com as férias conseguiu eliminar o seu mau-humor. *Portanto, tenho que recuar um pouco na escola. Pelo menos a oportunidade está disponível e poderei começar em janeiro, não em agosto, então é ainda melhor. A vida parece mais brilhante e mais esperançosa a cada dia. Não tenho desculpa para reclamar de algumas aulas extras. Não quando a minha cama no banco da igreja foi substituída por um colchão confortável, a minha dieta de fome com qualquer comida que eu quisesse e a minha existência solitária e aterrorizada com um marido tão amoroso e reconfortante, finalmente lembro-me o que significa viver com segurança.* A sensação de segurança e paz ficava mais forte a cada dia.

Entrando na sala, ela começou a falar quase antes de atravessar a soleira. "Desculpe o atraso. Tive uma entrevista na faculdade. Eu tentei ligar, mas..." Ela terminou. A Sra. Fields levantou-se da sua mesa no canto da sala com um olhar confuso no rosto. "Onde está o Dylan?"

"Baylee, porque está aqui?" A Sra. Fields perguntou, ainda parecendo perplexa.

Baylee inclinou a cabeça e olhou consternada para a professora. "Vim buscar o meu filho. Como faço todos os dias. Onde está o Dylan?" A porta da casa de banho estava aberta, as luzes apagadas. O quarto estava impecavelmente limpo. Não havia evidências de uma criança.

"Baylee, o seu marido veio buscá-lo. Ele foi-se embora há pelo menos uma hora."

Baylee de repente sentiu-se como se lhe tivessem enfiado algodão em ambas as orelhas. "Não é possível," ela sussurrou com os lábios entorpecidos e formigando. "Ele está no trabalho. Eu tenho a carrinha. A quem deu o Dylan?"

"Ele disse que era o pai do Dylan. Sei que a senhora acabou de se casar, então..."

"Eu não dei permissão a *ninguém* para levar o Dylan." A respiração de Baylee veio em ofegos curtos e afiados entre os dentes. A tontura fez a sua cabeça girar.

"Deveria ligar para o seu marido. Talvez ele tenha um carro emprestado ou algo assim."

O que a Sra. Fields dizia não fazia sentido para Baylee. "O meu telemóvel não tem bateria."

"Venha cá. Sente-se." A mulher colocou Baylee numa cadeira e entregou-lhe o telefone, pressionando o número 9 no teclado.

Baylee teve que reunir todos os seus poderes de concentração para se lembrar do número de telemóvel de Chase, embora ela ligasse para ele quase todos os dias.

"Tou?" Ele perguntou, parecendo distraído. "Quem é?"

"Sou eu," ela respondeu num tom hesitante.

"O que se passa, Bay?" O seu tom mudou radicalmente num instante, toda a sua atenção focada nela.

"Tu..." a voz dela parou. Engoliu em seco e voltou a tentar. "Vieste buscar o Dylan?"

"Bay, estou no clube. Tens a carrinha. Como poderia ter ido buscá-lo?"

"Ele não está aqui," ela choramingou em vez de responder à sua pergunta. Então, todas as implicações das suas palavras ficaram claras para ela e o telefone caiu dos seus dedos fracos e nervosos. Ela podia ouvir a voz de Chase emanando do recetor, mas as palavras já não faziam sentido para ela.

A Sra. Fields pegou no telefone do colo de Baylee e levou-o ao ouvido.

"Como assim ele não está aí?" Chase exigiu saber. A sua mente rejeitou o seu comentário por ser um absurdo. *Claro, o Dylan está na creche. Onde haveria de estar?*

Um baque *forte* ameaçou quebrar o tímpano esquerdo de Chase. Ele mudou o telefone para o outro lado e esfregou a cabeça. "Baylee? Bay, estás aí? Responde-me, querida!"

"Sr. Milligan? Aqui fala a Sra. Fields."

"Onde está o Dylan?" Chase exigiu saber, os seus dentes rangendo juntos.

"Sr. Milligan, hoje cedo, um homem veio à creche, disse que era o pai do Dylan e mostrou-nos um bilhete da Baylee instruindo-o a ter permissão para levar o seu filho."

"Senhora, não saí deste clube desde que cheguei às 11:00. Não sei com quem falou, mas garanto que não fui eu."

Uma exalação suave assobiou pelo telefone.

"Vou já para aí," disse Chase. "Fique com a Baylee. E chame a polícia." Chase desligou o telefone. Ele saiu para o corredor e agarrou no seu assistente, que por acaso estava a passar.

"Shane, preciso da tua ajuda," ele disse com uma voz tão controlada que mal disfarçou o seu pânico.

"O que se passa, chefe?"

"Um desconhecido levou o Dylan da escola. A Baylee tem a minha carrinha. Podes levar-me até lá agora, por favor?"

A cor desapareceu do rosto de Shane. "Claro. Vamos."

Ele conduziu Chase em direção ao estacionamento e até ao seu Suburban. Uma vez lá dentro, ao sair do estacionamento, ele telefonou para a esposa.

"Shel, preciso que pegues nos miúdos e vás para a igreja imediatamente. Parece que o filho da Baylee pode ter sido sequestrado."

Chase engoliu em seco. A palavra ressoou na sua cabeça como um gongo. *Sequestrado. Sequestrado. Sequestrado. Claro, foi isso que aconteceu, mas não deveria acontecer connosco, à Baylee. Ela já sofreu o suficiente. Porquê, meu Deus? Porquê isto? Porquê a Baylee?*

Deus não forneceu respostas, mas quando Chase conseguiu parar o seu cérebro tagarela, eles chegaram à igreja. Ele saltou do Suburban e correu para dentro do prédio, tentando lembrar-se da planta deste e adivinhar onde a sua esposa poderia estar. Não havia necessidade. A porta do escritório do pastor estava aberta e lá dentro ele podia ver Baylee, tremendo, os olhos vagos, sentada numa cadeira acolchoada. Correu para ela, os seus Ropers ecoando no azulejo e puxou-a para os seus braços.

"Bay?" Ela tremia violentamente, então ele acariciou as suas costas com as suas mãos gentis. Ele virou-se para o pastor, que estava a desligar o telefone. "Que DIABOS se passa aqui?" Ele exigiu saber num rugido. "A quem deram o nosso filho? Ninguém além da Baylee tem permissão para vir buscar o Dylan. Nem sequer eu tenho."

"Eu sei disso." A atenção de Chase voltou-se para o canto da sala, onde uma mulher negra e idosa chorava nos restos de um lenço de papel. "Eu não me sentia muito bem e pedi a outro professor para levar as crianças para a fila de recolha." Ela fungou. "Nunca pensei que ela iria entregar o Dylan sem verificar. Juro que não sabia..."

"Quem foi?" Ele exigiu saber. "Quem está com o nosso filho?"

"Ela disse que ele tinha a cabeça rapada, olhos azuis e uma

tatuagem aqui." A Sra. Fields tocou na lateral do seu pescoço. "Disse que parecia um dragão ou algum tipo de cobra."

Baylee fez um som suave.

"Bay?" Ele voltou a sua atenção para ela.

"O Blake," ela engasgou-se. E então riu histericamente e sem humor. "Ele não mentiu. Ele é o pai do Dylan. Não sabia que ele tinha saído da prisão." A sua risada dissolveu-se em mais soluços e ela escondeu o rosto na camisa de Chase.

"Está tudo bem, querida. Não faz mal." Não estava tudo bem e Chase sabia disso, mas queria fazer sons suaves e não lhe ocorreu outra coisa. "Alguém chamou a polícia?" Perguntou.

"Sim, Chase," respondeu o pastor. "Devem chegar a qualquer minuto. Fiquem sossegados." Quando o pastor acabou de falar, sirenes soaram ao longe. Chase afundou na cadeira que Baylee acabara de desocupar, puxando-a para o seu colo. Ela aconchegou-se bem perto. A parte da frente da sua camisa começou a ficar um pouco molhada, mas ele não se importou. *A Baylee precisa de mim.*

Dois polícias de uniforme entraram na sala um momento depois. "O que se passa, pessoal?" O mais alto e mais jovem perguntou. O mais baixo e atarracado, cujo cabelo grisalho se projetava para fora do chapéu, encontrou os olhos de cada um.

"O nosso filho foi sequestrado," disse Chase. "Uma pessoa não autorizada veio buscá-lo à creche."

"É esta a mãe?" O polícia mais velho perguntou. Chase notou que o seu crachá dizia "Alvarez."

"Isso mesmo," Chase respondeu.

"Senhora?" O agente mais novo falou a palavra baixinho, mas com autoridade. Baylee ergueu a cabeça. "Faz ideia de quem pode ter feito isto?"

Baylee engasgou-se, mas não respondeu.

"Ela suspeita do pai biológico, o Blake... Rockwell," Chase respondeu, mudando Baylee para uma posição mais confortável no seu colo. "Ele está preso há cerca de quatro anos por tráfico de droga. Não sabíamos que ele tinha sido solto."

"Vamos investigar isso," respondeu o agente. "Quando uma criança é raptada, um dos pais separados é o suspeito mais provável. O que me pode dizer sobre Blake Rockwell?"

O movimento no colo de Chase o alertou para o facto de que Baylee havia mudado. Sentando-se, ela fixou a sua atenção no agente. "É um tipo rico e mimado de Corpus. Entrou para um gangue na escola e manteve-os financiados. Vendeu drogas. Cumpre uma sentença de dez anos por posse intencional."

"Ele estava envolvido com o seu filho antes da sua prisão?"

"Eu nunca lhe disse que estava grávida," Baylee respondeu, a sua voz surpreendentemente firme. "Não achei que ele fosse um bom pai. Infelizmente, os seus pais descobriram. Devem ter-lhe contado. Eu sei que alguém disse aos seus companheiros do gangue. Um deles veio até cá e incomodou-me há um tempo."

Alvarez assentiu e escrevinhou alguns rabiscos no caderno. "Qual é o cadastro criminal dele, para além das drogas? Violência?"

Baylee balançou a cabeça. "Ele nunca foi violento. Roubo, talvez. Principalmente dos seus pais."

Ambos os polícias relaxaram visivelmente com aquelas notícias.

"Espere," ela protestou. "O Blake tem o meu filho, que não o conhece, não faz ideia de quem ele é e deve estar apavorado. Sem falar que o Blake não faz a mínima ideia de como cuidar de uma criança e consome drogas. Vocês vão encontrá-lo, certo?"

"Claro que sim, senhora," o agente mais velho assegurou a Baylee num tom suave e ligeiramente condescendente que fez Chase ficar tenso. "Vamos encontrar o seu filho e trazê-lo para casa assim que pudermos. Ativei um Alerta Amber quando vínhamos para cá. Gostaria que soubéssemos que carro tinha, mas não importa. Estamos a caminho. Deveriam ir para casa. Avisaremos se encontrarmos algo de valor."

"É só isso?" Chase exigiu saber. "O nosso menino está desaparecido, provavelmente nas mãos de um traficante de drogas e você quer que vamos para casa e esperemos que você faça alguma coisa?"

Alvarez lançou-lhe um olhar longo e condescendente. "O que acha que pode realmente fazer além de ficar no nosso caminho, senhor?" Perguntou. "Se tivermos dúvidas, entraremos em contacto."

A mandíbula de Chase doía, cerrava os dentes com tanta força, mas o agente tinha razão, por mais que odiasse admitir.

Enquanto ele tentava organizar os seus pensamentos acelerados, uma voz alta gritou o nome de Baylee. Shelby voou para o escritório do pastor e esmagou a sua amiga contra ela, arrastando-a do aconchego dos braços de Chase. "Baylee, vim o mais rápido que pude. O que aconteceu?"

"Conto-te tudo mais tarde," Chase disse a ela tão gentilmente quanto pôde. "Agora, vamos tirar a Bay daqui." Ele ficou de pé, notando como Baylee se inclinava fortemente em Shelby por apoio. Ele pescou um cartão de visita do bolso de trás e entregou-o a Alvarez. "Mantenha-se em contacto."

Com o breve aceno do agente, ele passou o braço em volta da cintura de Baylee e conduziu-a para fora da sala, Shelby, Shane e os seus meninos seguindo-os.

Encheram os seus respetivos veículos e lutaram contra o tráfego da hora de ponta de Dallas de volta à casa de Chase. *Vai ser uma noite longa e infernal.*

CAPÍTULO 14

"Quero ir para casa," Dylan lamentou pela centésima vez. "Quero a mamã."

Blake olhou para o miúdo. A sua reclamação começava a enervar Blake. "É para lá que vamos," respondeu ele, sendo deliberadamente enigmático. Estamos a ir para casa." *Se a casa for uma paragem de camiões entre aqui e o Missouri, claro.*

"Nuh-uh," Dylan insistiu. "A minha casa não é na floresta." Ele apontou com um dedo acusador para a janela da plataforma. Blake abandonou o sedã "emprestado" no estacionamento onde o seu semi esperava.

"Não é a floresta, miúdo," respondeu Blake. Ele questionou-se quanto tempo levaria para Dylan descobrir que não voltariam para Baylee e o seu marido. *E por que diabos isso ainda me faz ranger os dentes?* "São apenas algumas árvores. Agora para de reclamar, ok? Estás a dar-me dores de cabeça."

"Eu quero a mamã," respondeu Dylan, choramingando ainda mais alto. "Eu quero a mamã, eu quero a mamã, eu quero a mamã!"

"Cala-te!" Blake gritou, perdendo finalmente a calma. "Não vais voltar para ela. Tu vens comigo."

Dylan ficou em silêncio com a surpreendente proclamação. Depois abriu a boca e começou a gritar.

Mais tarde naquela noite, nenhuma outra notícia foi dada, apesar dos repetidos telefonemas importunadores para o departamento da polícia. Por volta das dez, Shane e Shelby levaram os seus meninos para casa com a promessa de orar muito pelos seus amigos. Chase segurou Baylee por uma hora, alarmado por ela não ter derramado uma lágrima, apenas sentada, pálida e trémula, incapaz de reagir. Por volta da meia-noite, o telemóvel de Chase tocou. Os sons do críquete pareciam ridículos, dadas as circunstâncias e o barulho assustou gravemente Baylee. Com dedos instáveis, ele deslizou a tela.

"Tou?"

"Sr. Milligan?"

"Sim." Ele foi incapaz de forçar mais do que uma única sílaba de cada vez nas artérias latejantes do seu pescoço.

"Ainda não localizámos o Dylan ou o Sr. Rockwell." Chase ficou desapontado. "Mas pudemos confirmar que o Sr. Rockwell escapou da prisão há três dias."

"Porque…" Chase aclarou a garganta e continuou. "Porque não fomos informados? Não acha que seria bom sabermos?"

"Não faço ideia, senhor," respondeu o oficial com voz impaciente. "Estamos a tentar localizar e interrogar os seus sócios e familiares. Nós o manteremos informado."

Chase apertou o botão daquela conversa inútil. Pegando no comando, ligou a televisão.

Na tela, um repórter com um microfone estava em frente a um policial de uniforme.

"Agora de volta a ti, Bill," ela disse. A câmara cortou para a imagem de uma sala com uma parede cinzenta suave e uma longa mesa na qual um homem de fato escuro e uma mulher com um vestido vistoso estavam sentados a olhar fixamente para a câmara.

"Obrigado, Carole," disse o homem. "Caso só nos tenha começado a acompanhar agora, foi emitido um Alerta Amber para todo o norte do Texas."

Baylee endureceu nos seus braços. Chase ficou a olhar, boquiaberto. Eles eram notícia? *Porque é que a imprensa não entrou em contacto connosco?*

"Um menino de cinco anos foi raptado da sua casa por um intruso. A sua mãe e irmã adolescente foram encontradas mortas. Esta criança é considerada como estando em risco extremo..."

Chase desligou a televisão. Tentou não deixar a sua mente correr para as implicações dessa informação, mas no final, Baylee tomou a decisão por ele.

"Outro?" Ela sussurrou.

"Parece que sim," ele respondeu, o seu tom dolorosamente neutro.

"Um selvagem, sensacionalista."

Ele acenou com a cabeça, esquecendo-se de que pela posição dela, no seu colo, a olhar para a frente, não podia ver o movimento.

"Vai ser a prioridade. Desaparecido e em perigo. Ao contrário do Dylan."

"Eles não disseram isso, Bay," ele ressaltou.

"Eles não disseram grande coisa," respondeu ela.

"Eu sei."

Eles ficaram sentados em silêncio por um momento interminável.

"Queres uma bebida?" Chase perguntou finalmente, odiando a pergunta estúpida, mas incapaz de pensar em qualquer outra coisa para dizer.

"Café?" Baylee pediu.

"Agora, não te vai manter acordada?"

"Não vou conseguir dormir de qualquer maneira."

Ele colocou-a de pé. Ela hesitou inseguramente, forçando-o a pegar novamente nela.

"Calma aí, querida," ele disse, apoiando-a na posição vertical. Ela apoiou-se pesadamente contra ele, depois deslizou os braços em volta do seu pescoço e colocou a testa no seu ombro.

"Vamos trazê-lo de volta, Baylee. Prometo." Ele passou a mão para cima e para baixo na sua espinha. Ele esperava que ela desabasse e começasse a chorar a qualquer momento. *Gostaria que ela o fizesse. Ela precisa disso.* Mas nenhuma lágrima caiu. Baylee estava inerte contra ele, ainda a tremer, mas sem mostrar qualquer outro sinal externo de emoção.

"Acho que não precisas de café," disse ele em voz baixa. "Acho que precisas deitar-te."

"Eu não consigo dormir," ela repetiu.

"Eu sei," respondeu ele, "mas ainda podes descansar o corpo."

Baylee não concordou nem protestou, mas se permitiu ser guiada escada acima até ao quarto.

Chase tirou a roupa amarrotada da sua esposa e deitou-a na cama. Apenas de cuecas e sutiã - o conjunto de renda azul bebé que ela comprara no outro dia - o seu corpo pequeno e pálido parecia ainda mais frágil, como se ela fosse a criança perdida.

Chase deixou cair as suas calças de ganga e a camisa no chão e subiu para o lado dela. A visão potente da sua angústia minou a sua determinação de permanecer forte. Ele puxou-a contra si, colocando a cabeça dela sob o seu queixo. O tremor dela aumentou.

"Querida, nós vamos trazê-lo de volta," ele prometeu novamente.

"Eu sei," disse ela, mas a sua voz era tudo menos certa.

"Em que pensas realmente?" Ele insistiu. "Deita cá para fora, querida. Fala comigo."

Ela ergueu a cabeça dele e encontrou os seus olhos. "Não é justo." Ela fungou, tirando um caracol da frente dos olhos. "Eu suportei demasiado. Lutei tanto. E depois, quando pensei que poderia relaxar, isto acontece." Um arrepio percorreu o seu corpo inteiro.

Chase tocou com os lábios na testa dela. "Eu sei, mas desta vez há uma diferença. Desta vez, não estás sozinha. Eu estou aqui. Estou contigo. Estarei sempre contigo. Isso ajuda em alguma coisa, Bay?"

Ela encontrou os seus olhos e os cantos dos dela pareciam rígidos e comprimidos de todo o stresse. As ranhuras ao redor da sua boca voltaram, mais profundas do que nunca. O seu lábio inferior carnudo encontrou o caminho para a boca. "Ajuda," ela admitiu. "Oh, Chase. O que vamos fazer?"

"Vamos rezar," disse ele, "e pensar muito bem. Vamos tentar encontrar informações que possam ajudar a polícia a recuperá-lo. E não vamos entrar em pânico, porque eles estão certos sobre uma coisa. O Blake não o levou com intenção de o magoar."

Baylee apertou os olhos com força. Chase pressionou para dentro com os braços, comprimindo o corpo esguio dela contra o seu. Quando os seios dela se comprimiram contra a poderosa parede do seu peito, a excitação aumentou. Emoções exageradas em busca de uma saída fizeram com que a sua virilha se enchesse de uma ereção dolorida. *Pára com essa merda,* ele incitou o seu corpo silenciosamente. *Esta não é a ocasião. Oh, espero que a Baylee não perceba.*

Mas claro, ela percebeu. Os olhos dela se abriram.

"Desculpa, querida." Ele acariciou novamente as costas dela. "Não consigo evitar. Eu sei que esta é a hora errada. Apenas ignora."

Baylee não ignorou a ereção desenfreada de Chase. Em vez disso, ela deslizou uma mão pelo seu pescoço, no seu peito e para baixo, deslizando até às suas cuecas para agarrá-lo e acariciá-lo lentamente da raiz às pontas.

Chase respirou fundo. "Baylee?"

"Eu preciso de ti, Chase," ela sussurrou. "Eu preciso sentir que és real, que estás realmente aqui. É horrível até para mim perguntar?" Mais preocupação distorceu as suas feições.

"Sentes o que sentes, Bay," assegurou-lhe ele. "Não é errado. Mas tens a certeza?"

Em resposta, ela mudou, baixando os boxers dele e agarrando novamente no seu comprimento. A mão livre dela agarrou na nádega dele, ancorando-o.

Chase baixou o rosto para Baylee e capturou os seus lábios num beijo doce e calmante. A lenta carícia da sua mão para cima e para baixo no seu comprimento excitou-o, mas a horrível tensão da situação esfriou o seu ardor em ternura. *Vou fazer amor com a minha mulher, para confortá-la e estar perto dela.* A paixão explosiva que normalmente compartilhavam estaria fora de lugar nas circunstâncias, mas não era assim que ele se sentia. Ele abriu o sutiã dela e tirou-o, para que pudesse tocar nos seus seios. Ela cantarolou baixinho.

"Sente-me, Baylee. Sou real. Estou aqui e nunca te vou deixar. Sou teu, querida. Se serve de alguma coisa, tens-me para sempre."

"É mais do que eu poderia ter sonhado," ela respondeu, chovendo beijos no peito dele. "Sempre me lembrei de como fui abençoada, não importa o quão difícil a vida ficasse. Mas tu és uma verdadeira bênção. Uma recompensa."

"Isso eu não sei," ele respondeu enquanto deslizava as cuecas dela pelas suas coxas macias. "Não me vejo como uma bênção. Apenas um homem louco pela sua mulher… e pelo seu filho."

"Queria que o Dylan fosse mesmo teu filho," ela comentou enquanto Chase a colocava de costas. Ela separou as pernas, para que ele pudesse se posicionar entre elas.

"Ele é, mas não de forma normal."

Chase pressionou a abertura do corpo de Baylee e deslizou através da sua humidade até à sua profundidade máxima. Ela suspirou. Ele beijou a sua testa. Ela segurou no seu rosto com uma mão e puxou os seus lábios para os dela enquanto ele lentamente se afastou e empurrou... afastou e empurrou. Então ele congelou.

"Baylee... preservativo," ele lembrou-a.

Ela abanou a cabeça. "Não te preocupes. Não faz mal."

Ele pestanejou algumas vezes quando se apercebeu das implicações. Então ele voltou a montar a sua dama, calmamente, até que um suspiro suave escapou dela e o seu corpo ondulou ao redor dele. O aperto dos seus músculos internos ordenou uma libertação igualmente suave de Chase e ele ungiu o útero dela, intencionalmente arriscando o que nenhum deles estava pronto para discutir.

Enquanto o prazer diminuía, ele escorregou do corpo dela e a tomou nos seus braços. O resto da tensão foi drenado de Baylee, tornando-a numa massa desossada no seu abraço e, como ele esperava, a libertação do stresse levou a uma libertação dos laços que mantinham as suas emoções também sob controlo. Um soluço sufocado escapou. Depois outro. Lágrimas escorreram pelas suas bochechas.

"Deixa sair, querida," ele pediu e viu como a compostura dela desmoronou numa tempestade de soluços histéricos.

~

Chase embalou Baylee contra o seu peito poderoso quando ela quebrou, finalmente, em pedaços de agonia fragmentada. Os seus braços a seguraram com força, os bíceps protuberantes contra os seus lados. *Ele é tão forte. Forte o suficiente para manter todos os meus pedaços estilhaçados juntos. Amanhã estarei forte, mas esta noite não sobrou nada de mim.*

Chase, como é óbvio, não sentiu nenhum desconforto com a sua explosão. Como o herói que ela nunca ousou imaginar, ele simplesmente a manteve segura enquanto a miséria, o medo, a vergonha e a confusão a queimavam. E, finalmente, quando todas as suas lágrimas se esgotaram, quando o sono se apoderou dela desprevenida e a puxou para um abismo macio e prateado, a última imagem que carregou com ela foi dos seus belos olhos, cheios de amor, a cuidar dela.

~

Chase sorriu, uma torção triste dos seus lábios e aliviou o seu braço debaixo da forma adormecida da sua esposa. *O resto fará algum bem a ela.*

O que preciso agora é de um plano de ação. Ficar simplesmente sentado sem fazer nada não vai resultar. Ajoelhado ao pé da cama, Chase teve uma conversa silenciosa com Deus.

Ele não tinha a certeza de quanto tempo permaneceu naquela posição, mas os seus joelhos doíam e os seus olhos pareciam lixas quando finalmente os abriu. Uma terrível sede ardente transformou a sua boca num deserto. Ele levantou-se e voltou a vestir as cuecas antes de se mover pela casa, dando passos leves e silenciosos enquanto descia para a cozinha para beber um copo de água. O clarão de luz, quando ele girou o interruptor, trouxe consigo uma epifania tão surpreendente que ele teve que se deixar cair numa cadeira para considerá-la.

Ação. Plano A. Pode explodir tudo na minha cara, mas qualquer coisa é melhor que ficar aqui sentado, apenas esperando. Enquanto a sua mente tentava decidir se a sua ideia era boa, a sua mão já havia recuperado o telemóvel da mesa onde o deixara cair e percorreu a lista de marcação rápida.

Ele segurou o aparelho no ouvido, contando os anéis sem a menor atenção.

"Está?" Uma voz familiar falou lentamente, sonolenta. "E é melhor que seja bom. Sabe que horas são? Quem é?"

"Candace, é o Chase."

Silêncio. E então: "Chase, são duas da manhã. O que queres?"

"Preciso da tua ajuda, Candace. Da tua ajuda profissional. É uma emergência."

CAPÍTULO 15

Baylee acordou na sua cama, a cama confortável que ela tinha se acostumado a compartilhar com o seu marido, embalada no seu abraço caloroso. Mas esta manhã foi diferente. Em vez de paz e segurança, ela sentiu-se mal. A sua cabeça latejava. O seu estômago revirou-se em náusea. As batidas se intensificaram e finalmente percebeu que alguém batia com força na porta da frente da casa. Levantando-se, ela deu um sorriso pálido ao se encontrar nua e vestiu uns calções e uma t-shirt. A porta do andar de baixo se abriu e duas vozes se juntaram numa conversa ininteligível. Uma, era o baixo familiar de Chase, mas a outra voz, enferrujada e com um som cansado, era de uma mulher desconhecida. Imaginando o que diabos acontecia, ela desceu as escadas, despreocupada com o seu cabelo despenteado pelo sono e com aparência abatida. Entrou na sala e encontrou Chase sentado no sofá, a mulher desconhecida empoleirada ao lado dele. Ela tinha longos cabelos loiros presos num rabo de cavalo casual e uma figura esguia e atlética.

Ouvindo os pés de Baylee a bater no azulejo, Chase virou-se e levantou-se, cruzando rapidamente para ela e conduzindo-a para um assento ao lado dele. Colocou uma chávena de café fumegante nas mãos dela. Ela tomou um gole e suspirou de gratidão.

"Baylee, gostaria de apresentar-te a..." Chase fez uma pausa e indicou a mulher sentada em frente a eles. Baylee encontrou os seus olhos e notou uma expressão estranha no seu rosto, um toque de vermelho-escuro nas suas bochechas. "Esta é a Candace."

A mente de Baylee imediatamente acelerou. *Ele disse Candace? A sua ex-mulher? Aquela que o traiu? Oh, valha-me Deus, o que ela faz aqui?* "Chase?"

"Confia em mim," ele insistiu, encontrando os seus olhos.

"Há muita confiança aqui envolvida, Chase. Importaste de dizer-me o que se passa?"

Ele respirou fundo. "Candace, esta é a Baylee, a minha esposa."

Com a palavra esposa, os olhos da outra mulher se arregalaram e a sua mandíbula cedeu.

Chase continuou com a sua explicação. "O nosso filho foi sequestrado. A polícia está a procurar, mas não podemos ficar simplesmente aqui sentados. Está a dar cabo de nós. Podes ajudar-nos a encontrar o Dylan?"

"O teu filho está desaparecido?" Candace repetiu, o seu olhar disparando de Chase para Baylee, as engrenagens girando na sua mente. "Estou admirada por não ter recebido um Alerta Amber. Um bebé desaparecido, de jeito nenhum, mesmo em Austin, eu não teria perdido a notícia."

"Ele não é um bebé," disse Baylee rigidamente. "Ele tem três anos. Acho que isso é menos prioritário." A sua cabeça estava novamente a latejar. Ela tomou outro gole de café.

"Três?"

"Ok, o Dylan não é meu filho biológico," Chase voluntariou-se. "Mas sinto como se fosse meu. O pai dele fugiu da prisão e presumimos que ele o tenha levado. Os pais dele tentaram fazê-lo há alguns meses e..."

"Chase," Baylee interrompeu o que começava a parecer uma

caminhada prolixa. "O que ela está aqui a fazer?"

Chase voltou-se para encará-la, com as sobrancelhas baixas. "Espero que ela nos ajude," disse ele, como se isso explicasse alguma coisa.

"Ajudar-nos como?" Baylee exigiu saber. "Quer dizer, exatamente como diabos é que a mulher que te traiu, teve um filho com outra pessoa enquanto vocês eram casados e que não te soube dar valor pode fazer alguma coisa por nós?"

"Eu disse-te que ela é detetive particular, lembraste? Ela pode ajudar-nos a localizar o Dylan. Pelo menos, é essa a minha esperança."

"Esperem lá um minuto, vocês dois. Baylee, eu entendo que fiques chateada dadas as circunstâncias, mas eu não me estou a aproveitar de ninguém, por isso controla-te. Chase, devias ter-me contado o que estava a acontecer antes de eu ter feito todo este caminho até aqui..."

"Controlar-me?" Baylee levantou-se. "Tu não vais calar-me na minha própria casa."

"Baylee, acalma-te," Chase pediu, puxando-a de volta para o sofá. "Tudo isso pertence ao passado. Agora, precisamos fazer o que pudermos para trazer o Dylan de volta."

Relutantemente, Baylee afundou de volta nas almofadas.

"Não te preocupes comigo," disse Candace. "Eu deixo toda a gente louca." Ela suspirou. "Então, a polícia está a tratar disso?"

"Sim," Chase respondeu. "Mas há outra criança desaparecida com um perfil mais elevado."

"Pois," disse Candace. "Eu lembro-me. Bem, eles farão as coisas à sua maneira, de qualquer forma. E tenho a certeza de que vão recuperar a criança. Talvez fosse melhor ficar quieto. Não atrapalhem a investigação."

Baylee balançou a cabeça. "Não sei se a polícia vai ter muito sucesso. Os amigos do Blake nunca falarão com eles."

"Porque não?" Candace exigiu saber e Baylee percebeu que o olhar calculista estava de volta ao seu rosto.

"Eles pertencem todos a um gangue, lá em Corpus. Ninguém

iria denunciá-los à polícia. Eles não são um gangue violento, mas são unidos. O Blake foi sozinho para a prisão porque não disse à polícia quem eram os outros membros do gangue."

"Mas tu sabes, não é, Baylee?" Candace exigiu. "Tu sabes os nomes das ruas deles, onde andam, o que gostam e o que não gostam?"

"Eu nunca estive nesse gangue," Baylee sibilou. A mão de Chase apertou a sua cintura.

"Tem lá calma," Candace descartou a raiva de Baylee. "Eu nunca disse que eras, apenas que os conheces. Se tens a certeza de que não vão falar com a polícia, talvez falem contigo. Podes ser a solução para isto."

"Eu?" Baylee protestou. "O que posso fazer?" Ela balançou a cabeça em descrença, o pânico pela perda do filho amplificou-se pelo medo de confrontar a gangue que corrompera o seu namorado e ameaçara a sua segurança. Ela não queria ter nada a ver com eles.

"Podes fazer muito," Candace insistiu. "Deve haver alguém com quem possas falar. Alguém que sabe de alguma coisa, mas que não quer compartilhar com a polícia."

Baylee abanou a cabeça. "Não posso fazer isso. Todos eles me odeiam. Eles ameaçaram-me. A polícia transferiu-me para Dallas para me manter fora de vista após o julgamento." As palavras fluíram num jorro histérico que a deixou a tremer.

Candace avançou, aglomerando-se no espaço pessoal de Baylee e enfiando um dedo no seu ombro. "Eu pensei que querias fazer alguma coisa. Mas se és assim tão covarde para tentares localizar o teu próprio filho, talvez seja melhor ficares apenas sentada em casa e deixares a polícia tratar do assunto." Ela voltou-se para Chase. "Surpreende-me que tenhas casado com uma mulher tão fraca. Não consegues lidar com uma forte? Esta parece um frango depenado."

Com os lábios trémulos, Baylee virou-se para encontrar os olhos do marido. Ele abriu a boca como se fosse falar, mas voltou a fechá-la.

Baylee sentia-se inimaginavelmente patética. *Chase fez algo tão desconfortável. Ligou para a ex, a mulher que havia partido o seu coração, para tentar ajudar-me novamente. Outra vez, Baylee. Já são quantas vezes? Quantas vezes o Chase salvou-te a pele?* Ela nem conseguia começar a contá-las e esta era a maior de todas. *Estou mesmo a recusar-me em considerar as palavras da Candace? Porquê?* Porque ela estava com medo. *E o quanto assustado deve estar o Dylan agora?* Baylee engoliu em seco. Imagens da sua mãe flutuaram na sua mente. *A mãe, que suportou a infidelidade e o abandono, a perda de todos os seus amigos, do seu modo de vida. Que lutou contra o desespero e se recompôs para tentar ajudar-me na faculdade e que morreu de tensão alta. E como lhe retribuí? Engravidando e sendo expulsa.*

Desta vez não.

"Eu quero ajudar," ela disse, a voz alta o suficiente para assustá-la naquela sala silenciosa.

Candace balançou a cabeça lentamente, mas não suavizou nem um pouco a sua expressão. "Com quem falamos? Quem sabe onde o Blake estaria?"

"Eu não sei," disse Baylee, balançando a cabeça.

"Vá lá, miúda. Pensa. Tu tens a chave para encontrar o teu filho. Tu conheces os amigos do Blake. Tu sabes, mesmo que não entendas, quem nos pode ajudar. Para onde iremos a partir daqui? De quem podes sacar a informação?"

Baylee abriu a boca para protestar que não era uma valentona, mas recuperou o fôlego antes que pudesse falar. *Uma valentona. Uma mulher que anda com o seu homem pela trela como se fosse um cachorrinho. Uma mulher que outrora considerei como amiga...* "Acho que já sei. Eu tenho alguma vantagem com um deles."

"Aí tens, vês? Eu sabia que chegarias lá." Candace acenou com a cabeça, tirando o telemóvel do bolso. "Vai-te vestir. Vou entrar em contacto com a polícia local e com a polícia de Corpus. Eles precisam saber o que estamos a fazer."

Baylee pestanejou, surpresa com a rapidez com que Candace reuniu as várias informações e engendrou um plano.

Com isso, Candace digitou no telefone, ignorando completamente Baylee, que estava sentada no sofá, a sua boca abrindo e fechando silenciosamente, sem saber o que pensar sobre o que acontecera. *É um pouco como ser atropelada por um camião,* ela pensou.

Chase riu. "A Candace é uma das pensadoras mais rápidas que já conheci. Essa é uma das razões pelas quais ela faz o seu trabalho tão bem. Se há alguém que nos pode ajudar a encontrar o Dylan, é ela. Ok, querida, vai-te vestir." Ele ajudou Baylee a levantar-se e conduziu-a até às escadas.

Por volta das duas da tarde, o Silverado de Chase chegou à cidade costeira de Corpus Christi, Texas. Com as janelas abertas para permitir a brisa fresca de novembro, o cheiro de sal e peixe encheu a cabine. As árvores de Dallas - principalmente os carvalhos - deram lugar a palmeiras e vegetação rasteira e o ar frio tornou-se quase quente. Baylee imediatamente sentiu a estranha combinação de familiaridade e ansiedade. Esta era a sua cidade, a sua casa. Ela cresceu aqui, viveu aqui toda a sua vida.

A autoestrada 37 seguia em direção a Laguna Madre e, mais adiante, para o Golfo do México, passando por ruas que ela poderia ter andado de olhos fechados. Havia a igreja onde o seu pai havia pregado por anos. Mais abaixo, uma estrada secundária levava à escola primária que ela frequentou.

"Oh!" Ela disse de repente. "Vira à esquerda." Ela apontou para uma rua quase invisível entre dois edifícios de aparência bastante rústica. De um lado, uma loja de materiais de escritório era pintada num tom berrante de azul com detalhes em amarelo elétrico. Do outro lado, uma caixa cinzenta comum de uma estrutura com o ar condicionado a ser consertado. Todas as casas ao redor estavam sujas e mal cuidadas com quintais cheios de ervas daninhas. Coroando toda a vizinhança como se fosse um potentado em decomposição, uma sucata exalou um odor fétido de pneus antigos e graxa.

"Bay?" Chase perguntou, arriscando um olhar na sua direção. A sua carrinha sofisticada destacou-se ao passar.

"Confia em mim," disse ela, ecoando a sua frase anterior. Ela conduziu-o por uma série de ruas sinuosas apinhadas de prédios de apartamentos em ruínas e latas de lixo a transbordar. Os lotes vazios pareciam nunca ter visto um corta-relva. Graffitis salpicados nas paredes, algumas marcas típicas de gangues, outras obras de arte em spray. Por fim, eles chegaram ao que deve ter sido a oficina mecânica mais decrépita do Texas. O telhado bolorento inclinou-se perigosamente para o oeste, como se empurrado pelo vento do oceano. Pedaços de lixo enferrujado jaziam abandonados e a apodrecer na terra nua da frente. Um código assinado a lápis em Tejano proclamava: "Wachale con el dog."

Baylee examinou o quintal sujo. Da última vez, o 'cachorro' era um Chihuahua com uma atitude de três metros de altura. Barulhento, mas não particularmente assustador. Desta vez, quando ela saltou da carrinha, o salto alto azul mais feio que ela já vira correu, ganindo e rosnando, para fora do prédio. O seu pelo cinzento-escuro eriçou-se e agrupou-se ao redor de um rosto heterogéneo bronzeado com olhos diferentes.

O coração de Baylee bateu mais forte, não tanto com a visão do animal, mas com o seu próprio medo. A última vez que ela vira este homem, ele derrubara-a no chão, forçando Chase a vir ao seu resgate. Hoje ela vinha até à toca do lobo. Por um momento, ela pensou que poderia estar doente. Afastando-se do cão com um passo à frente ameaçador, ela engoliu em seco e endureceu a espinha. *Pelo Dylan. Faço tudo pelo Dylan.*

"Quiete, Feo," uma voz gritou de dentro. Saiu um homem, vestido com uma camisa sem mangas, manchada de óleo. Um trapo vermelho sujo pendurado no bolso das calças de ganga rasgadas.

"Olá, Sly," disse Baylee. Os olhos do homem imediatamente se voltaram para ela. A mão de Chase apertou a dela. *Parece que acabou de perceber quem interrogamos.*

"Tu és corajosa, Bay-bee, sabias?" O homem falou lentamente.

"O meu nome é Baylee," ela respondeu, a sua voz baixa e cheia de intensidade. "Volta a chamar-me outra coisa e dou-te um pontapé com tanta força que a Angélica vai procurar pelo teu pau na tua própria boca."

Sly engoliu em seco. Baylee suprimiu o seu sorriso. *Outro aspirante a gângster punk. Ele já não parece tão assustador.*

"Acho que já conheces o meu marido, o Chase?"

Os olhos de Sly patinaram. Ele puxou o pano e enxugou a testa, deixando uma mancha oleosa, mas recusou-se a reconhecer a apresentação.

"O que querem?" Ele perguntou finalmente.

"Deixa-te de tretas, Sly," Baylee replicou, deixando a sua raiva transparecer. "Quero saber onde ele está?"

"Quem?"

Ela semicerrou os olhos e fixou-os nele. "Onde está o Blake, idiota? Onde está o teu amigo? E não digas que não sabes!"

"Mas, Baylee!" A voz de Sly soou quase como um gemido: "Eu não sei."

"Tretas," ela respondeu com um sopro de escárnio. "Vou ter que falar com a Angelica?"

A pele escura de Sly ficou visivelmente branca com a ameaça. Desta vez, Baylee não pôde evitar deixar uma sugestão de um sorriso malicioso ao cruzar os seus lábios.

Que mulher e tanto, pensou Chase, observando a sua esposa a manipular o valentão. Ele achou-a frágil, mas agora podia ver que estava errado. Qualquer um teria ficado afetado pelas circunstâncias que ela enfrentou, especialmente sem apoio, mas ela não era fraca. *Nunca te metas entre uma mãe urso e o seu filhote.*

"Não tenho a certeza," gaguejou Sly, "mas acho que ele foi ter com a Angelica à procura de emprego. Podes perguntar a ela."

"Obrigado, Sly," Baylee respondeu friamente.

O homem não perguntou se ela contaria a Angelica - fosse o que fosse - ele tinha ajudado, mas a pergunta parecia pairar nos seus lábios.

Baylee também não o tranquilizou, não fez um único movimento. Chase não ficaria surpreso se ela estendesse a mão e lhe desse uma palmadinha na cabeça. Mas em vez disso, ela lançou um olhar longo e neutro para o homem e voltou-se, de cabeça erguida como uma rainha, caminhando de volta para a carrinha. Chase seguiu-a.

"Sabes," disse ele, "espero que nunca olhes para mim assim."

Baylee riu, embora o som estivesse longe de ser convincente e cheio de nervosismo. "Pura bravura. Não seria capaz de aguentar nem por mais um minuto. Há uma razão pela qual escolhi o Sly, sabes?"

"Então, o que descobriram?" Candace perguntou do banco de trás.

"Algo incrível," respondeu Baylee. "Parece que o Blake pediu à Angelica que lhe arranjasse um emprego. Imaginem aquele bebé mimado a trabalhar para sobreviver."

Eles haviam alcançado a autoestrada. "Para onde, querida?" Chase perguntou.

"Para o norte," respondeu ela. "Quase até aos arredores da cidade."

Com um aceno de cabeça, Chase seguiu em frente, cruzando sob a autoestrada.

"Então, hum, quem é a Angelica?" Ele perguntou, deixando os seus olhos se afastarem da estrada por um minuto para contemplar a sua esposa, que olhava pela janela, aparentemente em profunda concentração.

Uma leve sacudida de cabeça para os lados pareceu afastar a sua letargia e trazê-la de volta ao presente. "O quê?"

"Lembra-te," Candace saltou da parte de trás, "não fazemos a mínima ideia do que estás a falar. Tens de nos dar informações. O que ele te dizia parecia importante para ti. Importas-te de nos informar?"

O seu tom sarcástico deixou os dentes de Baylee no limite e Chase notou. Como é que ele nunca percebeu o quão desagradável a sua ex-mulher poderia ser?

"Desculpem," respondeu Baylee. "Hum, a Angelica é a namorada do Sly. Ela também não faz exatamente parte do gangue e não tem muita paciência com o envolvimento do Sly. Principalmente porque têm dois filhos."

"Ok," comentou Chase, "isso explica porque estava disposto a confessar-te tudo."

"Certo," acrescentou Candace. "A polícia não saberia fazer isso. Bom trabalho."

"Obrigada." Baylee pareceu surpresa com o elogio de Candace.

"Ok, Bay. Há mais, não há? Os teus olhos brilharam quando ele disse que essa Angélica ia arranjar um emprego para o Blake. O que se passa?"

"Oh, certo," disse Baylee. "A Angelica é a gerente do escritório de uma empresa de transporte rodoviário. Eles transportam produtos do Vale do Rio Grande para o Centro-Oeste."

Todos compreenderam ao mesmo tempo. Se Blake estivesse a conduzir um camião, ele poderia estar em qualquer lugar. Ninguém falou, mas suspiros uníssonos revelaram que os corações iam ficando mais pesados a cada minuto.

"É por isso que vamos falar com essa mulher?" Candace perguntou finalmente. "Para ver se ela nos pode ajudar a localizar o teu ex?"

Baylee balançou a cabeça lentamente. "A Angelica é minha amiga. Ela vai ajudar-me se puder. Ela nunca gostou do Blake e não é leal a ele, mas tolera-o pelo bem do Sly."

"Isso pode ser o nosso golpe de sorte," Candace concordou.

Eles pararam num enorme parque de estacionamento de

asfalto cheio de cones cor de laranja e semirreboques, com os capôs abertos. Havia um reboque perto do prédio, à espera de ser engatado para a aula de condução. Saíram os três do Silverado e dirigiram-se para um espaço com ladrilhos vermelho-fosco no chão e um balcão de linóleo branco atrás do qual uma atraente mulher hispânica estava, com um recetor de telefone apoiado entre a orelha e o ombro, a rabiscar loucamente num caderno.

"Claro, Sr. Martinez," disse ela com uma voz suavemente acentuada. "Vou já levar-lhe a Remi. Essa remessa sairá dentro do prazo, prometo. Peço imensa desculpa." Ela fez uma pausa, ouvindo claramente. "Oiça, vou falar com o Jorge. Não sei qual será o curso da ação, mas..." Ela parou de novo. "Ok, não volto a enviar-lhe o Jorge, ok? Tudo bem, tchau."

Ela colocou o recetor no gancho e olhou para cima, observando os recém-chegados.

Os seus olhos patinaram sobre Chase e Candace sem muita atenção e fixaram-se em Baylee. A sua mandíbula cedeu. "Bay? O que fazes aqui, chica?" Ela contornou o balcão e correu para Baylee, envolvendo-a num abraço apertado.

Baylee colocou os braços em volta da amiga e Chase viu que ela parecia um pouco menos estável, como se o apoio tivesse enfraquecido a sua determinação. Ele deu um passo à frente e colocou a mão no seu braço.

"Quem é este, Baylee?" Angelica perguntou.

"É o meu marido, o Chase Milligan."

"Hummm," murmurou Angelica. "É bom."

"Sim," concordou Baylee. "Tão bom que não o mereço."

"Agora chega dessa conversa, querida," ele advertiu.

Baylee suspirou. "Fui mais abençoada do que poderia ter imaginado." Ela afastou-se da amiga e voltou para o pé do marido. Incapaz de resistir, ele envolveu um braço em volta da sua cintura fina, apreciando a sua suavidade. A sua compostura cedeu visivelmente e o seu lábio inferior começou a tremer.

"O que se passa?" Angelica exigiu saber.

"Viste o Blake?" Baylee perguntou em vez de responder. "O Sly disse que ele te pediu um emprego."

Angelica assentiu. "Sim, ele conduz um camião. Neste momento, está a caminho de um centro de distribuição em Kansas City."

Baylee engoliu em seco.

Candace deu um passo à frente. "Ele tinha uma criança com ele quando saiu?"

Sem deixar Baylee, Angelica voltou os seus grandes olhos castanhos para Candace.

"Não que eu saiba," respondeu Angelica. "Porquê?"

"Porque ele levou o meu filho," disse Baylee e Chase percebeu que ela havia perdido um pouco mais o controlo.

"Ele fugiu da prisão, sabe," comentou Candace.

Angelica franziu a testa. "Ele disse-me que estava em liberdade condicional."

"Querida, se ele estivesse em liberdade condicional, não teria permissão para conduzir para fora. Teria que permanecer na cidade. De qualquer forma, você forneceu os meios para ele escapar da captura, então está lixada."

Angelica franziu o cenho, a preocupação vincando a sua testa.

"Não é a ti que queremos," Baylee tranquilizou-a. "Só quero o Dylan de volta. Existe alguma maneira de verificares onde é que eles estão agora?"

Angelica pareceu refletir. "Sim. Temos localizador GPS em todos os nossos camiões. No entanto, eu não posso simplesmente dar essa informação."

"Se fosse a ti, pensaria melhor sobre isso, querida," Candace falou lentamente. "Deixa-me explicar-te uma coisa. Se eu precisar de uma ordem judicial, a polícia saberá que ajudou um criminoso fugitivo, fornecendo-lhe os meios para atravessar os limites do estado com uma criança sequestrada. O que acha que vai acontecer consigo então?"

Angelica encolheu-se, a sua pele morena a ficar pálida.

"Quer uma pena de prisão, querida?" Candace pressionou.

Angelica engoliu em seco. "Claro que não."

"Bem, senhora," Candace continuou num tom um pouco mais suave, "vou dar-lhe uma oportunidade. Dê-nos acesso às informações do localizador e direi à polícia que você foi enganada, que não tentava ajudar intencionalmente um criminoso a evitá-los."

Angelica baixou a cabeça, os olhos marejados. Chase lembra-se de Baylee dizer que a mulher tinha filhos e um parceiro de pouca confiança. Se ela fosse acusada de cúmplice de um crime, a vida frágil que ela havia conseguido construir para si mesma iria desmoronar.

"Muito bem," ela disse finalmente. "Não tenho escolha."

"Não, não tem," Candace concordou. Então ela virou-se para Chase e Baylee. "Porque é que vocês os dois não vão dar uma volta? Vai demorar um pouco para eu criar uma estratégia, e Chase, sabes como detesto quando as pessoas ficam a pairar sobre mim enquanto trabalho."

A diversão despertou nele. "Isso é verdade. E acho que há um McDonald's na esquina." Embora a sugestão parecesse errada, ele não tinha uma melhor. "De quanto tempo precisas?"

"Cerca de meia hora."

Baylee encontrou os olhos de Chase. O desconforto na sua expressão refletia o que ele sentia. Sentar-se a tomar café e esperar seria excruciante. "Eu tenho outra ideia," Baylee disse hesitantemente.

"Mostra-me," ele pediu, querendo saber o que ela tinha em mente.

Cinco minutos depois, eles estavam no lugar onde ele menos esperava; o cemitério. Chase notou, com uma certa carranca, que era uma daquelas configurações modernas com pedras planas embutidas na terra e um vaso montado para flores de plástico. Os que estavam acima do túmulo de Jennifer Andrews pareciam antigos, fortemente desbotados pelo sol escaldante.

Chase conteve-se um pouco, querendo dar a Baylee um

pouco de privacidade enquanto ela se ajoelhava diante do túmulo. Ele podia ouvir o zumbido suave da sua voz levado pelo vento quente de outono. *Tudo o que esta cena precisa é de uma chuva repentina,* ele pensou, examinando o céu. Mas o sol brilhava fortemente e, à exceção de algumas nuvens fofas, o céu permanecia claro.

Chase encostou-se a uma árvore de alfarroba, com cuidado para evitar os espinhos, e esperou pela esposa. Não se preocupou com o tempo. Candace prometeu ligar-lhe assim que surgissem novas informações.

Baylee pôs-se de pé, limpou a poeira e aproximou-se dele.

Ele envolveu-a nos seus braços. "Como te sentes?"

Ela descansou a testa no seu ombro. "Decentemente. No entanto, estou cansada. Cansada disto tudo."

Ele colocou um dedo sob o seu queixo e ergueu o seu rosto. "Acredito. Mas continua a aguentar, querida. Eu estou aqui."

"É por isso que te amo," respondeu ela, encontrando os seus olhos.

"Amas?" O coração de Chase contraiu-se.

"Claro. Como poderia não amar?" Ela acariciou a sua bochecha. "Tu aceitaste-me, até ao meu filho, quando eu não tinha nada. E nunca pediste nada em troca."

"Apenas o teu coração." Ele acariciou a bochecha dela com o polegar.

"É teu." Ela disse as palavras tão cobiçadas sem hesitação. Incapaz de resistir à atração da sua doçura, ele baixou os lábios sobre os dela.

"Eu amo-te," ele murmurou.

"Essa é a minha maior bênção de todas," ela disse a ele.

Do bolso de trás das calças de ganga de Chase, o seu telemóvel tocou, quebrando o feitiço.

"Hora de ir embora," disse Baylee.

"Sim. Vamos buscar o nosso menino."

A resposta de Baylee foi correr de volta para o camião, ansiosa por isso.

CAPÍTULO 16

Blake Rockwell começava a perder a cabeça. O miúdo sentado ao lado dele - o *teu filho, não te esqueças* - não se calava. O menino havia chorado o dia todo de ontem, chorou até dormir e recomeçou outra vez esta manhã. Só que agora, o seu choro mudara para um lamento seco e monótono, agudo e ainda mais irritante do que o choro real.

Os confins do seu camião condensavam e amplificavam o som.

"Dylan," disse ele, tentando capturar o interesse da criança, "queres que buzine?"

A criança não lhe fez caso. Blake examinou a estrada e, vendo apenas um trecho desolado da rodovia sem nenhum carro à vista, puxou a corrente, ativando uma buzina alta e de baixa frequência.

A criança parou de gritar no meio de um lamento e virou-se para olhar para ele com os olhos arregalados.

"Gostaste, filho?" Perguntou ele.

O rosto de Dylan se contraiu e outro guincho saiu da sua boca.

"Para com isso, miúdo," Blake rosnou. *Não, para. Lembraste de ontem? Perderes a cabeça foi o que te fez ficar com toda essa dor de barriga.* "Queres comer alguma coisa?" Ele perguntou, notando um conjunto de arcos dourados ao longo da estrada.

Dylan considerou a paragem do camião e então deu um breve aceno de cabeça, sem olhar para Blake. Suspirando, ele puxou o camião para a saída, para uma área de estacionamento designada.

"Fico contente que tenhas parado de chorar," comentou Blake, tentando ser simpático.

"Eu quero a mamã," Dylan respondeu, o seu lábio tremendo. "E o Chase."

"Quem é o Chase, o teu cão?"

"O meu papá," respondeu Dylan.

A mandíbula de Blake prendeu. "Eu sou o teu papá," ele cerrou os dentes. "Lembraste de eu ter dito isso?"

"Não." Dylan balançou a cabeça. "O Chase brinca comigo. Ele empurra-me no baloiço. Lê-me histórias e nós construímos aviões. *E* ele faz a mamã sorrir. Tu és um estranho. Um estranho mau que rouba crianças." Ele esticou o lábio.

"Sou apenas um estranho porque tu ainda não me conheces," respondeu Blake, coçando a barba por fazer no couro cabeludo. "Vamos lá. O que gostas de comer?"

"Panados de frango!" Dylan respondeu, finalmente entusiasmado com algo.

"Então que sejam panados," Blake respondeu, aliviado com a mudança de humor. Ele saltou da plataforma e ajudou o filho a descer.

~

Regressar a Dallas parecia demasiado estranho para Baylee, embora ela percebesse que a sua nova cidade natal estivesse no meio do destino deles. De acordo com o localizador, o camião com Blake e Dylan estava a norte de Oklahoma City e eles provavelmente alcançariam o Kansas ao anoitecer. Mesmo que o trio do Silverado conduzisse a noite toda, ainda assim só chegariam pela manhã.

Chase e Candace ocuparam o assento da frente, o que não emocionou muito Baylee. Ela estava esticada na parte de trás, a cabeça apoiada num blusão, a tentar dormir um pouco, mas era constantemente acordada por solavancos na estrada ou quedas e calmarias na conversa que chegava até ela.

Então, esta é a melhor amiga do Chase, a mulher com quem ele foi casado por dez anos, que queria que fosse a mãe dos seus filhos. Ela é linda…, mas não muito simpática. A estranheza da situação tomou conta dela, quase lhe provocando um ataque de risos histéricos. Chase e a mulher que engravidou do filho de outra pessoa enquanto era casada com ele apressavam-se do outro lado do país para confrontar o ex-namorado da sua atual esposa, o pai do filho daquela esposa. *Pobre Chase. Ele queria um filho, mas continua a ser surpreendido pelas outras pessoas.* Ocorreu-lhe, assim que conseguissem ter Dylan de volta e a vida se acalmasse um pouco, que seria ela quem retificaria a situação.

O pensamento dos bebés levou inevitavelmente a sua mente para Dylan. Embora toda a ação do dia tivesse permitido que ela enterrasse um pouco os seus sentimentos, agora eles voltaram, arrancando lágrimas dos seus olhos. Algures por aí, o seu bebé estava sozinho com um estranho, um homem que nada sabia sobre como cuidar de crianças, que mal podia cuidar de si mesmo. Sim, todos estavam certos de que Blake não pretendia magoar Dylan, mas as crianças podem ser desafiadoras e Blake não estava preparado. Sabe-se lá que tipo de frustração o miúdo infligiria ao pai impulsivo. E Blake, tentando esconder-se de todos, não tinha apoio, cobertura e recurso. *Espero que ele não se passe da cabeça.* Todos os pensamentos turbulentos torceram o coração de Baylee.

Ela não conseguiu evitar que uma pequena fungada escapasse.

"Querida?" Chase disse do banco do motorista.

"Desculpa," ela respondeu. "Isto ainda é de mais para mim."

"Claro que é," Candace disse gentilmente, chocando Baylee com o seu tom suave, "mas tenta aguentar-te. Vamos encontrá-lo e tenho plena confiança de que ele ficará bem. Abalado, mas bem."

Ao pensar em como Dylan provavelmente ficaria abalado, Baylee começou a chorar novamente. Os seus soluços eram suaves, não histéricos. E, finalmente, ela sucumbiu ao cansaço e adormeceu.

Chase olhou por cima do ombro e sorriu. Baylee estava deitada de lado, os seus lábios rosados ligeiramente entreabertos, roncando suavemente. Dormir ao lado dela rapidamente se tornou essencial para ele. O calor e a suavidade do seu corpo esguio enrolado em torno dele à noite parecia certo de uma forma que ele não se lembrava de ter experimentado antes.

"Ela está exausta," ele comentou, captando os olhos de Candace enquanto voltava o olhar para a estrada. Ela sorria. "O que foi?"

"Nunca te vi olhar assim para alguém," ela respondeu. "Nem sequer para mim. Porquê, Chase, estás apaixonado?"

Ele revirou os olhos. "Claro que olhei para ti assim, Candace. Foste a minha mulher por tantos anos e sabes que te amava."

"Não, não amaste," respondeu ela. "Não do jeito que amas a Baylee. Está tudo bem, Chase. A culpa não é tua. Mas tu e eu deveríamos ter permanecido apenas amigos." O seu tom de repente ficou sombrio.

"O que não foi culpa minha?" Perguntou ele. Hesitou um momento antes de fazer a derradeira pergunta que pesava no seu coração há dois anos. "Achei que estávamos bem, Candace. O que correu tão mal?"

"Espero que não te arrependas de nada, Chase Milligan, principalmente de nos termos separado. O que tens agora é muito melhor."

"Não me arrependo da Baylee. Como poderia? Nem do Dylan. Eles são como pequenos raios de sol. Mas isso não significa que esteja contente sobre a forma como tudo aconteceu. Porque foste ter com ele, Candace?"

"Eu amo-o," ela respondeu simplesmente. "Tal como tu amas a Baylee. Eu e ele... nós complementamo-nos. Tu e eu não. Sempre soube, mesmo antes de nos casarmos, que faltava algo."

"Nós demo-nos bem," Chase protestou.

"Sim, muito bem. Sem piada, bem chato. Sem faísca. Sem química. Sem nada."

Chase ponderou as suas palavras. Doeram. Ele aborrecia-a, por isso ela foi embora. Havia alguma verdade nisso? *Ela era a que corria riscos, enquanto tu jogavas pelo seguro. Ela queria aventura, tu querias um lar confortável e uma família. Um trabalho para desfrutar e dias de folga para brincar. Agora tens o que sempre quiseste.* Ele olhou pelo espelho retrovisor. A luz de um poste de luz que passava por eles iluminou o rosto bonito de Baylee com um brilho angelical. "Ok, tudo bem. Então, se sabias que não me amavas, porque casaste comigo?"

Candace encolheu os ombros, a ganga da sua camisa a roçar contra o couro do assento. "Penso que naquela época ambos julgámos que era a coisa certa a fazer e a hora certa para o fazer. Sempre me perguntei se havia mais, mas esperava que acontecesse com o tempo. Não aconteceu. Desculpa por... fazer tudo errado, Chase. Nunca nos deveríamos ter casado, e arrependo-me de ter acabado o nosso casamento... da forma que o fiz. Eu só... eu não te queria magoar e não sabia como iniciar a conversa."

"Então, em vez disso, seguiste em frente sem nunca termos a tal conversa. E foste desagradável comigo enquanto o fazias."

"Eu não queria fazer isso," disse Candace, a sua bravura a murchar. "Eu e o meu advogado tínhamos tudo planeado. Valia tudo. Formalidades. Vender a casa e dividir os lucros. Tu ficas com um carro, eu com o outro. Não pedi a tua reforma. A juíza encarregou-se de mudar o plano."

"E nunca fizeste nada sobre isso?"

"Era outra conversa difícil. Mas guardei tudo o que deveria ter sido teu, pus de lado. Nunca toquei em nada."

"Candace..." Chase não sabia o que dizer. "Eu não preciso de nada."

"Eu sei, mas senti-me mal. Juro que não estava a tentar lixar-te. Ela fê-lo contra a minha vontade."

Chase engoliu em seco. Toda aquela maldita situação fazia todo o sentido. Candace, procurando ser profundamente amada e não apenas desfrutada como uma companhia amigável, foi vítima do seu próprio desejo pelo seu colega de trabalho e, constrangida por magoar um amigo de quem ainda gostava, passou por cima dele, tornando o problema ainda pior. Acrescentando a isso uma juíza com uma agenda e a vida criou uma perfeita tempestade para arruinar Chase.

"Sabes, Candace," ele disse, "está tudo bem. Eu sei que não querias magoar-me. As coisas fugiram do nosso controlo. Mas não me arrependo de nada. Agora tenho a Baylee e o Dylan, então está tudo melhor do que eu poderia imaginar. Estou feliz. Estamos felizes... ou estaremos assim que o Dylan estiver em casa seguro."

"E o dinheiro?" Ela perguntou. "Posso dar-to quando quiseres."

Chase considerou. "Ok. Posso usá-lo para ajudar a Baylee a pagar a faculdade. Talvez dê entrada numa casa." A sua mente vagou enquanto considerava um lar para a sua nova família, com um quintal e talvez até um ou dois quartos extras... para o futuro.

Ele olhou para Candace novamente. Ela sorria.

CAPÍTULO 17

"Tens a certeza de que ela está a ler isso, certo?" Chase perguntou, olhando para o hotel em frente a eles.

"Acabei de lhe perguntar," Candace respondeu.

"Mas," acrescentou Baylee, confusa, "há uma cama no camião. Porque estariam num hotel?"

"Ela tem a certeza," Candace insistiu. "Procura um táxi prateado e roxo, e a placa da empresa no atrelado."

"Estou a vê-lo!" Baylee exclamou, apontando para uma besta azul-violeta com uma grade de prata sorridente, estacionada debaixo de uma árvore e em vários espaços.

"Mas e agora?" Chase questionou-se. Há dezenas de quartos em cada andar. Como os encontramos?"

"Não encontramos," respondeu Candace. "Contactamos os detetives em Dallas e as autoridades locais. Eles podem fazer o rececionista dar as informações e entrarão. Fizemos a nossa parte. Sabemos onde eles estão."

Baylee olhou para ela boquiaberta. "Não entramos? Estou *tão* perto do meu filho e não queres que *entre?* ENLOUQUECESTE?" No fim, ela gritava.

"Querida," Chase colocou a mão no seu braço. "Sei que estás a morrer de preocupação. Mas como pretendes encontrá-lo?"

"Pergunto ao rececionista." Baylee afastou a mão de Chase e foi em direção ao escritório.

"Ela nunca te vai dizer nada," Candace apontou com uma voz ácida. "Olha para este monte de lixo. Sabes que eles levarão a privacidade a sério."

Baylee voltou os olhos selvagens para os edifícios, mas não conseguiu ver nada.

"Ela está histérica," Chase disse, a sua voz transportada pela brisa do outono. "Chama a polícia rápido, antes que ela comece a bater às portas ou algo assim."

Candace pegou no telemóvel. Baylee mal percebeu. *Bater às portas parece um bom lugar para começar. Podemos muito bem encontrar o Dylan antes mesmo que a polícia chegue aqui. Salvá-lo de ver aquilo tudo.*

Chase agarrou novamente no seu braço, desta vez mais apertado. "Baylee, ouve-me, não podes simplesmente começar..."

"Por que não?" Ela exigiu saber. "O meu filho está atrás de uma destas portas. Eu VOU encontrá-lo. Dá-me uma boa razão para não o fazer."

Naquele momento, o ar foi dividido por um lamento agudo. Baylee congelou, o seu ouvido girando inconscientemente na direção do som. Então, antes que alguém pudesse pará-la, ela desenvencilhou-se das garras de Chase e correu, determinada, para as escadas de cimento que levavam ao segundo andar.

A três-quartos do caminho, o seu pé bateu num ponto irregular do cimento, uma ranhura desgastada por décadas de pés que por ali passavam. Ela perdeu o equilíbrio. A sua mão suada escorregou do corrimão e o vazio atrás dela pareceu alcançá-la e agarrá-la, puxando-a para trás. Até que um objeto sólido bateu nas suas costas. Momentaneamente sem fôlego, Baylee apoiou-se pesadamente no suporte imprevisível. Uma mão fechou-se em torno do seu ombro.

"Calma, querida," Chase pediu. "Não vais conseguir nada se partires o pescoço."

Aquele grito estridente soou novamente. "Não me peças para esperar, Chase!"

"Não, querida. Claro que não. Vamos, mas tem mais cuidado." Ele manteve a mão nas costas dela o resto do caminho até às escadas.

Rapidamente ficou claro que os gritos vinham de trás de uma porta castanha descascada com a etiqueta 207. Chase martelou com o punho.

"Senhor, abra. É a direção. Recebemos reclamações."

Houve uma forte briga lá dentro e então a porta abriu uma fresta, revelando uma cabeça rapada da qual penetrantes olhos azuis-claros rolaram loucamente. Lábios finos comprimidos com frustração. O cheiro de vómitos que acompanhou Blake até à porta deu um nó no estômago de Baylee, tanto de medo como náusea.

"Desculpe, o meu filho está doente e..." Por fim, ele pareceu notar. "Baylee? Oh meu Deus!"

Antes que pudesse fechar a porta, Chase bateu com força contra ela com o ombro, forçando-a a passar pela estrutura instável de Blake e empurrando o homem para o lado.

"Dylan!" Baylee gritou.

O miúdo saiu da casa de banho a cambalear, pálido e suado, a camisa manchada de uma sujeira.

Ela correu para ele e ajoelhou-se, puxando cuidadosamente a roupa suja do seu peito magro e puxando-o para um abraço apertado.

"Oh, meu querido filho," ela sussurrou, as lágrimas obstruindo a sua garganta. Os braços de Dylan envolveram o seu pescoço com tanta força que cortou o suprimento de ar dela, mas ela não se importou. Sob o fedor da sua doença, ela encontrou aquele cheiro familiar de bebé que amava além de todo o medo, além de toda a preocupação. Enterrou o rosto nos seus cabelos, cega pelas lágrimas.

"Oh, meu bebé, meu amor," ela soluçou.

"O que diabos estão a fazer aqui?" O rosnado de Blake mal

foi registado de tão focada que ela estava no seu filho.

"O que achas, idiota?" Chase respondeu, a sua própria voz longe de ser amigável. "Raptaste o nosso filho."

"Meu filho!" Blake rosnou. "Quem diabos és tu?"

"Sou o marido da Baylee," Chase respondeu.

"Isso não faz do meu filho teu."

Por fim, Baylee apercebeu-se de toda a gritaria na sala. Pôs-se de pé, Dylan ainda agarrado aos seus braços. "Parem com isso," disse ela aos dois homens.

Eles viraram-se em simultâneo.

"Independentemente de quem seja o pai biológico do Dylan, eu sou a mãe, e agora vou levá-lo comigo."

"Espera aí um segundo!" Blake uivou. "Mantiveste-o em segredo todos estes anos. Agora vais simplesmente levá-lo embora outra vez? Que merda é esta, Baylee?"

Ela balançou a cabeça, incapaz de responder. Tudo o que importava estava ali, nos seus braços, um monte mole e suado de um menino exausto, histérico e apavorado.

Chase afastou-se de Blake, indo na direção de Baylee e envolvendo os braços em torno dos dois. Ela encostou-se ao seu ombro, aliviada.

"Não vou deixar que voltes a sair da minha vida." A voz de Blake caiu para um silvo perigoso.

"Acho que não tens escolha, amigo," surgiu a fala arrastada e sarcástica de Candace. Baylee olhou através dos seus cílios para ver a mulher parada em frente à porta fechada, a mão pousada no seu quadril, onde uma óbvia arma de fogo criava uma protuberância no seu casaco. "Bem, a polícia estará aqui a qualquer minuto." Ela encontrou os olhos de Baylee e fez uma careta, depois voltou a sua carranca para Chase. Ele encolheu-se. Por fim, ela virou-se para Blake. "Então, és tu quem andamos a perseguir. Bom trabalho, amigo. Combinaste a fuga da prisão com o sequestro. Levar uma criança dum estado para o outro faz disto um crime federal. Vais ficar atrás das grades por muuuuito tempo."

Blake olhou para a mulher, mas não perguntou quem ela era. Os seus olhos voltaram-se para a cómoda. Chase seguiu o movimento e soltou Baylee, abrindo rapidamente a gaveta e retirando uma forma preta familiar, que ele enfiou no bolso das suas calças. "Há mais alguma coisa perigosa por aqui?" Perguntou ele.

Baylee explodiu de raiva. *Uma arma num quarto com uma criança curiosa? Ele está louco?* "Não," outra voz na sua mente rebateu. "Ele não faz ideia. Ele nunca teve a oportunidade de aprender a lidar com crianças e não sabia que tinha um motivo para isso." *E isso está errado, não é? De que adiantava manter o Dylan em segredo? Não causou todos os problemas que tentavas prevenir?* "Mas ele magoou-me," a vozinha choramingou. "Ele meteu-me em apuros." *E tu deixaste-o. Tu praticamente imploraste para ter problemas. Tu é que fizeste isto, Baylee. Não culpes o Blake. Ele já tinha os seus próprios demónios para lutar.*

"O que vão fazer?" Blake exigiu saber, olhando de Chase para Candace. A sua bravura não conseguia esconder o medo que rolava por trás dos seus olhos.

"Nada," Candace respondeu. "Nada além de impedir que saias daqui até que a polícia chegue."

"Não vou voltar," jurou o homem.

"Parece que não tens escolha," ela falou lentamente. "Não tens para aonde ir, és um fugitivo em fuga. Quanto tempo achas que lhes podes escapar?"

Os olhos de Blake arregalaram-se ainda mais. Parecia que ele ia vomitar.

Chase voltou para Baylee e deslizou novamente os braços em volta dela. "Em breve, querida, tudo isto vai acabar e este tipo vai voltar para a prisão, onde pertence."

"Chase, ele tem o direito de estar chateado," Baylee deixou escapar, não tendo a certeza de onde vieram as palavras, mas, estava a ser sincera.

Chase olhou para ela com franco espanto. "Do que diabos estás a falar?"

Mas ela já se tinha voltado para Blake. Quão terrível ele parecia, os seus olhos injetados de sangue, a sua pele amarela. Tinha muitas cicatrizes novas.

Quando ela falou, as suas palavras foram para o marido, mas ela manteve os olhos fixos no pai do filho. "Eu escondi o Dylan dele. Acho que talvez isso esteja errado. Achei que seria doloroso para ele saber que tinha um filho quando estava lá preso. Acho que foi um erro."

"Mas tu disseste que irias avisá-lo quando ele saísse, que providenciarias um horário de visitas. Eu lembro-me dessa conversa."

As sobrancelhas de Blake se uniram. "Ias fazer isso?"

Baylee assentiu. "Eu nunca tive intenção de mantê-lo longe de ti para sempre."

"Afinal, porque o mantiveste longe de mim?" Blake exigiu saber. "Para me salvar da dor? Isso não funcionou. Eu tive que saber pelos meus pais."

"Eu não sabia o que fazer. Foi tudo uma confusão. Eu era tão jovem, estava tão assustada. Fiz o melhor que pude. Se percebi tudo errado, isso não deveria realmente surpreender-te. E fiquei com medo de te procurar, depois de tudo o que aconteceu. Tu e os teus amigos gângsteres. Não queria ter nada a ver com eles. Não para mim e nem para o meu bebé."

"Nosso bebé, Baylee," Blake relembrou-a.

Ela baixou a cabeça em reconhecimento.

"Ele disse que era meu pai." Dylan disse de repente. Apontou um dedo acusador para Blake. "Ele era um estranho mau e levou-me embora. Exatamente como nos disseram na escola." Ele escondeu o rosto no ombro de Baylee.

A culpa corroeu as entranhas de Baylee. Ela havia causado isto. Por não dizer a verdade. *E agora?* Ela questionou-se.

Como se respondendo à sua pergunta, o telemóvel de Candace tocou. Ela olhou para a mensagem. "Eles estão quase a chegar. Não terás que lidar com este palhaço por anos."

Outro fio de culpa emaranhou as entranhas de Baylee. "Não," ela disse. Balançou a cabeça. "Isto não está certo."

Três rostos com expressões de espanto iguais se viraram para ela.

"Não vou apresentar queixa pelo sequestro. A fuga... é por conta dele. Não há nada que possa fazer sobre isso. Mas se eu não apresentar queixa, isto não se tornará um caso federal, certo?"

"Ceeeerto," Candace repetiu lentamente. "Mas se não vais apresentar queixa, porque estamos aqui? Porque é que conduzimos toda a noite toda pelo Texas, Oklahoma e Kansas? Porque fizemos isto?"

"Sim, Baylee, o que tens em mente?" Chase perguntou.

"Não estou aqui para retribuir," respondeu ela. "Não tenho o direito. Não sou assim tão perfeita que possa atirar pedras a ele. Na época, eu não era melhor. Eu só quero o Dylan de volta são e salvo. Não quero causar mal ao Blake."

Ela trocou novamente um olhar com o seu ex-namorado e ele engoliu em seco.

"Não entendo," Candace suspirou, balançando a cabeça.

"Tenho recebido mais do que merecia. Não apenas recompensas, sabes, mas graças. Um favor que não mereço. Que péssima desculpa de cristão eu seria se não retribuísse a graça. Blake, tu fizeste-me mal. Magoaste-me. Fizeste com que coisas ruins acontecessem na minha vida. Mas também te magoas a ti. E por que motivo? Não. Não vou cobrar um quilo de carne pelos teus pecados. Isso seria um pagamento pobre pela recompensa que recebi. Volta para lá. Cumpre o teu tempo. Usa-o para te tornares num homem melhor. Quando fizeres isso, falaremos sobre o Dylan e o que é melhor para ele."

"Não vais apresentar queixa?" Blake repetiu como se estivesse em transe.

"Não." Baylee abanou a cabeça. "Tudo o que eu queria era o Dylan de volta. Promete-me que não o voltas a levar." Ela abraçou o filho com mais força.

"Promete-me que quando eu sair, trabalharemos para que eu entre na vida dele."

Baylee reconheceu as suas palavras com um aceno de cabeça.

"Ele está doente," Blake propôs, a sua expressão ficando tímida.

Baylee riu, com uma ponta de histeria. "Eu sei. Deste-lhe leite no Happy Meal?" Ela acenou para a familiar caixa dourada em arco na mesa de cabeceira. "Ele é intolerante à lactose. Ele só consegue digerir queijo e iogurte. Se o fizesses beber leite, ele certamente vomitaria. Ele está bem."

Poucos minutos depois, quando a polícia chegou para levar Blake de volta ao Texas, o homem ainda abanava a cabeça. Chase também. Candace, claramente sem entender nada, caminhou até o Silverado e pegou no telefone.

Baylee usou o sabonete e o champô do hotel para dar uma lavagem rápida em Dylan e envolveu-o no seu casaco. Ela e Chase desceram as escadas em silêncio, o filho a reboque, e Baylee juntou-se a Dylan no banco de trás, onde ela segurou a sua mãozinha durante todo o caminho de volta para Dallas.

Periodicamente, enquanto dirigia, Chase olhava pelo espelho retrovisor para a sua mulher e enteado. Baylee passou pela sua provação com mais coragem e graça do que ele esperava. O seu coração se encheu de orgulho e amor. Não que ele pudesse negar uma pontada de ciúmes ao ver o pai biológico de Dylan, que se parecia com o menino que ele aprendera a amar. Mas Chase não conseguia aguentar nenhum dos erros de Baylee contra ela. *Com todo o perdão que está a acontecer hoje, seria estúpido culpar uma jovem por ser carente e vulnerável anos antes de conhecê-la. Principalmente porque o resultado foi aquele garotinho especial.*

Sorrindo para a sua família, Chase voltou a sua atenção para a estrada que os levaria para casa.

EPÍLOGO

"Parabéns, querida!" Shelby exclamou, atirando um braço em volta do ombro de Baylee. A outra mão segurava uma menina gordinha com uma fita cor de rosa no cabelo.

"Obrigada, Shel," respondeu Baylee, estendendo a mão para fazer cócegas sob o queixo da pequena Stella. A bebé riu e babou-se, molhando o dedo de Baylee. Ela sorriu.

"Sim, parabéns." Shane aproximou-se, com Jonathan empoleirado nos seus ombros e David a segurar a sua mão. "Estou feliz que tenhas conseguido acabar a tua licenciatura, ainda por cima com grande louvor. Que honra! Bom trabalho."

"Não teria conseguido sem o Chase," ela respondeu, os seus olhos procurando pelo seu marido lindo e amado. Eles trocaram olhares do outro lado da sala e ele piscou para ela. Ela soprou-lhe um beijo. "Achas que alguém se importaria se eu tirasse esta fatiota? Está muito quente para usar poliéster lá fora."

"Acho que não, querida," respondeu Shelby. "Especialmente nestas circunstâncias." Ela deu uma palmadinha na crescente redondeza do abdómen de Baylee. "Como está a tua menina?"

"Ela?" Baylee passou a mão sobre o inchaço. "Ela é forte

como um boi. Sou eu quem sofre. O calor está apenas a começar e ainda tenho dois meses pela frente."

"É melhor ires mudar de roupa então, antes que desmaies," Shane sugeriu, prático como sempre.

Baylee sorriu e arrastou-se pelo quintal em direção à sua casa. Desistiram da casa em troca deste espaço espaçoso de dois andares há pouco mais de um ano. Ficava bem perto dos Cole e, embora Chase sempre reclamasse da falta de espaço entre as casas, pelo menos o quintal era de um tamanho decente. Grande o suficiente para o baloiço personalizado no qual Dylan e outras crianças gritavam enquanto brincavam. Quando ela passou por Chase, ele estendeu o braço e agarrou-a, puxando-a para um beijo.

"Muito bem, querida," ele disse, a sua testa pressionada contra a dela.

"Obrigada, Ciclope," ela respondeu, brincando com a maneira como os dois olhos dele pareciam ser apenas um nesta posição.

"A Candace enviou um postal. Um engraçado o que é um pouco rude. Deixei-o na cama para ti."

"Obrigado," Baylee respondeu secamente. Ela e a outra mulher nunca seriam amigas, apesar do respeito de Baylee pelas habilidades profissionais de Candace. Baylee era simplesmente possessiva demais com o marido para se sentir confortável com o contacto excessivo. Chase não insistiu no assunto, pelo que ela era grata.

"Tenho que tirar este vestido," ela disse. "Estou a derreter."

Chase voltou a beijá-la. "Vou derreter-te mais tarde," disse ele com uma piscadela.

Baylee riu e entrou na casa. Lá dentro, o telemóvel no balcão estava a tocar. Ela atendeu enquanto atravessava a cozinha em direção ao quarto principal, despindo-se do seu vestido de formatura ao longo do caminho.

"Baylee, é o Blake," disse uma voz familiar do outro lado da linha.

"Ummmm. Ah, olá," ela respondeu, sem saber mais o que dizer. "Precisas de alguma coisa?"

"Sim, consegui finalmente a liberdade condicional e estava-me a perguntar se... se ainda estavas disposta a considerar que eu visite o Dylan às vezes?"

Ele parece tão hesitante, notou uma vozinha na sua cabeça. *E deveria,* acrescentou outra. Empurrando as vozes guerreiras para o lado, ela concentrou-se em responder a Blake. "Não sei."

"Oh, eu não o levaria a lugar nenhum," ele apressou-se em tranquilizá-la. "Poderíamos ficar mesmo na tua casa. Ou, se preferires, posso chamar alguém neutro para vir connosco. O problema é que preciso conhecer o meu filho, Baylee. Eu preciso. Por favor, diz-me que há uma maneira."

"Vai depender de ti, Blake," ela respondeu. "Já mudaste?"

"Já!" Ele respondeu, de repente parecendo animado. "Estou a começar a pós-graduação!"

"O quê? Como?"

"Acabei a minha licenciatura aqui. Só precisava de mais um ano. Bem, demorou dois ao mudar o meu major, mas tudo bem. Deixei o gangue. Deixei as drogas. Eu prometo, Baylee, sou um homem completamente novo."

"E para que é que vais para a escola?" Ela deu por si a perguntar.

"Vou para o seminário," respondeu ele.

Baylee fez uma careta de espanto, embora ele não pudesse ver. "Vais ser pastor?"

"Sim," respondeu ele. "Quero trabalhar em ministérios penitenciários ou com gangues. Algo assim. Há tanta necessidade lá fora, Bay."

"Eu sei disso," respondeu ela. "Podias considerar trabalhar com os sem-abrigo."

"Isso é uma ótima ideia! Então, o que me dizes?"

"Acho," ela disse, avaliando as suas palavras com cuidado, "que tens que o ir provando a ti mesmo. Vai matricular-te na escola. Arranja algumas aulas para o teu currículo. Prova que isso não é só para mostrar. Depois voltamos a conversar. Parece-te razoável?"

Blake suspirou. "Acho que sim. Não é o que eu esperava, mas é justo. Ok, Baylee. Obrigado."

Ele desligou. Baylee balançou a cabeça e tirou as calças e a blusa que usava sob o vestido da formatura, vestindo um vestido de maternidade à altura do joelho num amarelo-claro com flores tropicais. Incapaz de se conter, as suas mãos foram para a sua barriga. Afundando na cama, ela examinou o quarto espaçoso e bem equipado. Quão longe ela fora desde que Chase a encontrou naquele banco de igreja há três anos atrás. Ela sentia-se patética na época, mas agora sabia que era rica, não em dinheiro, mas em felicidade, amor e fé. Mais provações viriam algum dia, mas depois do que ela passou, ela não estava preocupada.

Ela já não usava as palavras como uma fachada desesperada para manter as pessoas afastadas. Agora Baylee sabia que era verdadeiramente abençoada. Ela virou o rosto para cima enquanto a luz de um Maio quente em Dallas passava pelas cortinas, iluminando a sua pele.

"Obrigada," sussurrou.

Caro leitor,

Esperamos que você tenha gostado de ler *O Despertar de Baylee*. Reserve um momento para deixar uma crítica, mesmo que curta. A sua opinião é importante para nós.

Atenciosamente,

Simone Beaudelaire e Next Chapter Team

O Despertar de Baylee
ISBN: 978-4-82411-885-1

Publicado por
Next Chapter
1-60-20 Minami-Otsuka
170-0005 Toshima-Ku, Tokyo
+818035793528

1 dezembro 2021

CPSIA information can be obtained
at www.ICGtesting.com
Printed in the USA
LVHW031250151221
706194LV00004B/305

9 784824 118851